안데르센 교수의 밤

PROFESSOR ANDERSENS NATT
by Dag Solstad

이 도서의 국립중앙도서관 출판예정도서목록(CIP)은
서지정보유통지원시스템 홈페이지(http://seoji.nl.go.kr)와
국가자료공동목록시스템(http://www.nl.go.kr/kolisnet)에서 이용하실 수 있습니다.
(CIP제어번호: CIP2016020551)

안데르센 교수의 밤

Professor Andersens Natt

다그 솔스타 장편소설

민은영 옮김

문학동네

일러두기

1. 번역 대본은 영어본 *Professor Andersen's Night* (Dag Solstad, Agnes Scott Langeland 옮김, Vintage, 2012)를 저본으로 하고 노르웨이어본을 참조하였다.
2. 주석은 모두 옮긴이주이다.
3. 본문 중 고딕체는 원서에서 이탤릭체로 강조한 부분이다.

차례

크리스마스이브였다. 안데르센 교수는 거실에 크리스마스트리를 꾸며놓았다. 그는 트리를 그윽이 쳐다보았다. '자, 이건 정말이지……' 그는 생각했다. '그래, 정말이지 이건……' 그리고 그는 돌아서서 거실 안을 느긋하게 걸어다니며 텔레비전에서 나오는 크리스마스캐럴을 들었다. '그래, 이건 정말이지……' 그는 거듭 생각했다. '음, 그래, 뭐라 하면 좋을까?' 그는 곰곰이 생각하며 머릿속의 말을 이어갔다. 식당 안에 멋지게 차려놓은 식탁을 쳐다보았다. 한 사람분의 상차림이었다. '정말이지 희한해. 이토록 깊이 배어든 풍습이라니.' 그는 생각했다. '게다가 아이러니라고는 손톱만큼도 없이.' 그는 고개를 젓고는 생각을 이어갔다. 안데르센 교수는 저녁식사를 고대하고 있었다. 크리스마스트리 아래에는 성인이 된 조카들이 하나씩 보내준 선물 두 개가 놓여 있었다. '내가 지금, 돼지 껍질이나 바삭하게 구워지면 좋겠군, 하고 말한다면 아이러니의 기미가 좀 생기려나?' 그는 생각했다. '아니지, 돼지 껍질이 완벽하게 구워지지 않으면 나는 격분할 거야. 크리스마스이브임에도 아랑곳없이 고래고래 욕을 해대겠지.' 그는 트리를 받침대에 세우느라 안간힘을 쓰면서도 큰 소리로 욕을 했고, 그런 다음에는 한쪽으로 기우뚱하게 세워진 트리를 실내에 있는 나무라면 응당 그래야 하듯 똑바로 서도록 바로잡을 때도 그랬다. 또한 나뭇가지에 전구들을 매달다가 올해도 여느 해와 다름없이 헛수고했다는 사실을 깨달았을 때도 역시 욕을 했다. 전선이 뒤엉키는 바람에 감아놓은 줄을 도로 다 풀고 전구들을 하나씩 다 떼어낸 다음, 거의 처음부터 모든 것을 다시 해야 했던 것이다. "빌어먹을," 그때 그는 외쳤다. "빌어먹을." 큰 소리로, 또렷하게. 하지만 그건 어제 일이었다. '크리스마스이브가 우리 삶에 이토록 깊이 배어들어 있다니, 참 우습군.' 그는 생각했다. 그 엄숙함. '거룩한 밤.' 오늘밤 열두시가 되면 찾아올 그 시간. 많은 노르웨이 사람들의 생각과는 달리 열두시 이전은 아직 '거룩한 밤'이 아니다. 지금은 '거룩한 밤' 직전의 저녁일 뿐. 혹은 '고요한 밤'이거나. 그는 거실에서 부엌으로 갔다. 오븐을 열었다. 돼지갈비 요리를 꺼냈다. 군침 도는 냄새를 맡으며 바삭한 껍질을 만족스럽게 바라보았다. 그는 모든 준비를 마치고 요리를 식탁으로 가져간 뒤, 침실로 들어가 재빨리 옷을 갈아입었다. 그러고는 고급 회색 양복과 흰 셔츠, 넥타이, 잘 닦은 검은 구두 등으로 차려입고 다시 침실 밖으로 나왔다. 그는 식탁에 앉아 크리스마스 만찬을 들었다.

안데르센 교수는 전통적인 크리스마스 음식을 음미했다. 그는 노르웨이의 고향 지방 풍습대로 수르콜*과 여러 채소, 감자, 말린 자두, 생크림 크랜베리 소스 등과 함께 돼지갈비구이를 먹었다. 식사 시간도 노르웨이 전역에서 대부분의 사람들이 크리스마스 만찬을 먹는 오후 다섯시에서 일곱시 사이로 맞추었다. 다들 크리스마스가 아니면 잘 먹지 않는 기름진 음식을 먹을 때 흔히 곁들이는 맥주와 아쿠아비트**도 마셨다. 그는 천천히 의식을 치르듯 음식을 먹었고 생각에 잠겨 술을 마셨다. 식사를 끝낸 후에는 접시와 쟁반을 부엌으로 내간 다음 디저트로 리스크렘***을

* 채썬 양배추에 향신료와 각종 양념을 넣고 삶은 요리.

** 향이 가미된 독주로 주로 스칸디나비아 지방에서 생산된다.

*** 쌀에 우유와 설탕을 넣어 죽처럼 끓인 요리.

가지고 왔다. 이 디저트를 먹는 것 또한 그의 가족이 지켜온 전통이지만 그는 그것이 특별히 맛있다고 생각하지는 않았다. 그래도 그는 격식을 갖추어 디저트까지 먹었다. 그런 다음 식탁을 치우고 거실로 가서, 벽난로 앞 작은 테이블에 커피 마실 준비를 해놓았다. 그는 벽난로에 불을 피우고 자리에 앉았다. 커피와 코냑. '크리스마스 케이크는 건너뛰기로 하자.' 그는 생각했다. '크리스마스 케이크는 좀 봐줘, 난 그냥 커피와 코냑이나 더 마실 거야.' 그는 만족스럽게 낄낄 웃었다. 안데르센 교수는 벽난로 가까이에 세워둔 불 밝힌 크리스마스트리를 쳐다보았다. 반짝이 조각들을 엮은 줄과 노르웨이 국기를 대칭이 되게 휘감아 단순하지만 고상하게 장식한 트리였다. '사람들은 다들 트리를 너무 요란하게 장식하지.' 안데르센 교수는 생각했다. '아, 대개 어린 애들이 있는 집에서 그러겠지만.' 그는 한발 물러선 어조로 덧붙였다. 그는 조카들이 보내준 선물을 열어보았다. 하나는 잉바르 암비에른센의 소설이었고, 다른 하나는 카르스텐 알네스의 소설이었다. '그래, 그래, 올해도 크리스마스가 찾아왔군.' 그는 살짝 한숨을 쉬며 생각했다.

오늘밤, 안데르센 교수는 태평한 기분이 들었다. 그가 느끼는 마음의 평안은 종교적이라기보다는 사회적인 것이었다. 사실 그에게는 아무 의미도 없는 것들이지만, 그는 크리스마스 의례들을 거창하게 치르고 싶었다. 그럴 필요는 없었다. 결국 아무도 없이 혼자서 보내는 크리스마스였고, 그러한 관습에 진심으로 집착하는 것도 아니었다. 예컨대 크리스마스트리 없이도 아무 문제 없이 지낼 수 있고, 그게 없다고 뭐라 할 사람이 있는 것도 아니었다. 오히려 크리스마스에 그를 찾아올 수도 있는 사람들은 크리스마스트리를, 그것도 그의 키보다 더 큰 것을 세워놓은 것을 보면 놀랄 게 틀림없었다. 트리 때문에 이 불쌍한 머리 위로 쏟아질 짓궂은 농담들을 물리칠 궁리를 하는 편이 차라리 낫겠다, 그는 그렇게 생각하며 웃음을 터뜨렸다. 아니다, 안데르센 교수에게는 크리스마스트리가 있었다. 자신보다 약간 더 큰 크리스마스트리. 이 정도 크기는 되어야 해, 그는 생각했다. 그는 크리스마스를 기념했다. 그렇게 하는 주된 이유는 기념을 안 할 수도 있다고 생각하면 마음이 굉장히 불편했기 때문이다. 크리스마스이브와 관련된 모든 것에 코웃음을 치고 크리스마스는 그저 크리스마스일 뿐이라 여길 수도 있었다. 크리스마스 준비든 크리스마스 기념이든 모두 제쳐둔 채 그저 수많은 날 중의 하루에 불과한 듯 행동하여, 절실히 필요한 근무일을 하루 더 얻을 수도 있었다. 보통 때처럼 청바지 차림으로 앉아 강의 준비를 하거나, 한참 동안 답장을 하지 않은 서신들, 특히 공적인 서신들을 처리할 수도 있었다. 부엌에서 삶은 양배추와 미트볼, 혹은 그의 장기인 파스타를 해 먹을 수도 있었고, 불을 환히 밝힌 수많은 집에서 다른 사람들이 크리스마스를 어떤 식으로든 기념하고 있든 말든 그는 그저 자기 할 일들을 처리할 수도 있었다. 그러나 그렇게 크리스마스를 별다른 감흥 없이 보낸다고 생각하면 그는 마음이 상했다. 그렇게 보낸다면, 어떤 면에서 그는 감정이 메마른 듯한 느낌이 들었을 것이다. '그래, 정말로 감정이 메마른 느낌이었을 거야.' 그는 반항적으로 그렇게 생각했다. 실상이 그렇다는 생각에 스스로도 다소 놀라기는 했지만. 그는 크리스마스를 거부할 수 없었다. 전통적인 크리스마스 풍습을 준수해야만 했다. 그것이 그에게는 옳은 일이었고 그렇게 하지 않는다는 것은 생각할 수도 없었다. 비록 그가 지키는 풍습과 그에 따라 치르는 기념 의식은 어떤 종류의 의미를 담고 있긴 하지만, 그 의미가 그에게는 무의미한 것이라 하더라도 달라질 건 없었다. 그것은 그의 내면에서 우러나는 스스로에 대한 의무감 외에는 가족이나 타인에게 아무런 의무감을 느끼지 않고 자기만의 방식대로 치러낸 기념 의식이었다. 완전히 혼자서, 그는 구세주의 탄생을 기리는 중요한 기독교 의례를 기념했다. 누구도 그 사실을 몰랐고 신경쓰지 않았다. 이를 통해 그는 마음의 평화를 느꼈고, 자신이 놓인 삶의 조건을 잠시나마 받아들일 수 있을 것 같기도 했다. 그것은 그가 높은 사회적 지위를 누리면서 이 나라에서 가장 오래된 대학의 문학 교수로 일하고 있었음에도 쉽게 느끼지 못하는 기분이었다.

안데르센 교수는 벽난로 앞에 앉아 불꽃들을 응시했다. 그는 선물 두 개의 알록달록한 크리스마스 포장지를 벗겨 벽난로 안에 던져 넣고 불길이 치솟는 모습을 바라보았다. 선물을 주는 사람과 받는 사람의 이름을 적은 꼬리표는 불속에 넣지 않고 보관했다. 사적인 인사가 담긴 물건은 차마 버릴 수가 없다는 이유가 컸다. 뭐니뭐니해도, 하고 그는 생각했다. 이름을 직접 손으로 써넣은 꼬리표 정도면 사적이라고 해야겠지. 그는 커피와 코냑을 마셨다. 불길을 바라보며 생각에 잠겼다. 시간이 흘렀다. 가끔씩 그는 창가로 가서 밖을 응시했다. 문이 잠긴 자동차들이 가장자리에 줄지어 주차된 텅 빈 거리와 반대편 아파트에서 흘러나오는 불빛을 바라보았다. 어떤 아파트는 전체적으로는 캄캄했고 안쪽 깊숙이 놓인 크리스마스트리의 희미한 불빛만 보였다. 거기 사는 사람들이 가족들과 크리스마스이브를 보내러 갔다는 뜻이었다. 하지만 불빛이 환한 곳들도 있었다. 그곳에는 집에서 크리스마스를 축하하는 사람들이 있었다. 그는 특히 사람들이 많이 모인 아파트 네 곳을 주시했다. 크리스마스 만찬 중간에 창가로 와서 반대편 아파트들을 봤어야 했다는 생각이 들자 그는 잠시 기분이 나빠졌다. 그렇게 했다면 아마 네 가족이 식탁에 앉아 있는 모습을 시야에 동시에 담을 수 있었을 테니까. 서로의 옆이나 사선 방향에 있는 각자의 아파트에서, 각기 따로 떨어져 서로의 존재를 모르지만 결국은 같은 의례를 치르면서, 같은 음식을 가운데 두고 불빛 속에 앉아 있는 네 가족. 오, 그 모습을 볼 수 있었다면 얼마나 좋았을까! 얼마나 친숙한 모습, 얼마나 순수하고 고백적이며 교양 있는 아름다움으로 느껴졌을까. 하지만 이제는 너무 늦어버렸다. 그럼에도, 불 켜진 아파트 네 곳에서 본 장면들은 그의 가슴에 기이한 교감을 불러일으키기에 충분했다. 네 곳 모두에서 사람들의 모습이 희미하게 보였다. 창문 너머 가지가 일곱 개 달린 촛대에서 타오르는 불빛 뒤편, 또는 반짝이는 샹들리에 아래, 또는 크리스마스트리의 희미한 불빛 옆에서 혼곤한 고요 속에 앉아 있는 사람들. 그는 따뜻하게 데운 방에서 그들의 얼굴과 몸에서 퍼져나올 따스한 광채와 고단한 나른함을 상상했다. 그것은 안데르센 교수에게 친숙하고 혼곤한 고요함으로 전달되었다. 그는 그들에게 교감을 느꼈다. 열두

시가 가까워지며 그가 단 몇 시간이라도 동참하고 싶은 '거룩한 밤'이 막 시작되려는 이 저녁에, 비록 그들은 그것에 대해 아무런 생각이 없었고 그 자신 역시 그런 개념과는 동떨어진 사람이기는 했어도, 안데르센 교수와 그가 창가에서 바라보고 있는 사람들 사이에는 교감이 존재했다. 각자의 아파트 안에서 혼곤한 나른함 속에 앉아 있는 그들 모두가 이 뿌리깊은 문화 의례의 일원이었기 때문이다. 이곳 노르웨이의 수도에서 그 의미를 온전히 느끼는 사람들은 몇 안 되겠지만, 적어도 동시에 참여하는 의례이기는 했으므로.

저녁 열한시쯤이었을 것이다. 한 시간 정도가 지나면, 구세주인 나사렛 예수가 '서기 원년'이라고 이름 붙은 해에 유대 지방에 자리잡은 베들레헴이라는 마을의 마구간에서 태어난 성스러운 밤을 기리며 이 나라와 다른 북유럽 국가에서 한날에 기념하는 밤, '거룩한 밤' 또는 '고요한 밤'이라 불리는 시간이 찾아올 참이었다. 크리스마스이브라 불리는 그 전날 밤과 기념하는 목적이 같으면서도 그에 비해 비중은 상대적으로 적었지만, 여전히 의미가 있는 그 특별한 밤을 한 시간 앞두고, 창가에 선 채 길 건너편의 불 켜진 아파트들을 응시하는 안데르센 교수의 가슴에는 기이한 친근함이 차올랐다. 오늘밤에는 그들 모두가 시간을 거슬러올라가 이천 년 전의 이미지들 속에 머물러 있었기 때문이다. 그것에 집중하든 그렇지 않든 간에. 그는 마음의 눈으로 서기 원년 12월에 유대의 사막 위로 펼쳐진 하늘을 보았다. 진청색 하늘에서 반짝거리는 무수한 별. 베들레헴 외곽 들판에 있는 목동들. 그들 앞에 서서 환희에 찬 소식을 전하는 천사. 안데르센 교수는 목동들과 양떼 앞에서 밝게 빛나는 천사를 마음의 눈으로 보며, 어두운 밤을 환히 밝히는 천사들의 모습에서 큰 기쁨을 얻었다. 그는 상상 속에서 하느님을 찬양하는 천사들의 목소리도 들었는데, 이 또한 그의 가슴에 이상하고 성스러운 감정을 불어넣었다. 마구간에 놓인 요람. 헐렁한 덧옷을 걸치고 요람 위로 몸을 기울인 마리아와 요셉, 무릎 꿇은 목동들과 그들을 바라보는 양떼. 사막의 하늘 위로 노랗고 거대하게 빛나는 베들레헴의 별. 그 거대한 별을 따라 낙타를 타고 사막을 건너와 베들레헴의 마구간 밖에서 발길을 멈춘 세 명의 현자. 요람 앞에서 절을 올리는 동방박사들. 금, 향유, 몰약. 아, 그 이미지들. 그는 종교적 의미가 옅은 다른 이미지들을 떠올릴 때와 마찬가지로, 아이 같은 기쁨을 느끼며 그 이미지들에 마음껏 매혹되었다. 신앙도 없으면서 이런 유물에 이토록 매달리다니, 역사의 안개 속으로 순식간에 빨려들어 이들 대부분 혹은 전부가 영원히 사라져버리고 존속될 가망은 전혀 없을 것 같은 이 시대에, 하고 생각하며 안데르센 교수는 살짝 한숨지었다. '나 좀 보게. 반쯤 취해 감상에 빠진 채로 이렇게 서서 크리스마스에 관한 성경 구절에 사로잡혀 있다니.' 안데르센 교수는 생각했다. '내면의 본성에 마음을 여니 종교에 뿌리를 둔 고대의 이야기도 그대로 흡수할 수 있게 된 쉰다섯 살 교수. 평온함이 마음에서 우러나는구나. 어쩌면 모두 이렇게 되는 건가?' 그는 궁금했다. '그래, 분명 그럴 거야' 하고 그는 생각에 잠겨 덧붙였다. '그렇게 놔두자.' 그는 생각을 이어갔다. '나는 비신자이지만 기독교 문화에 속해 있으니, 아이러니를 띠지 않고도 크리스마스 정신을 마음껏 받아들일 수 있는 거야. 이제 곧 거룩한 밤이 되겠지. 하지만 다행히 내게도 한계는 있어.' 그렇게 생각이 흘러갔다. '"아기 예수"라는 말만 하려 하면 나도 모르게 "예기 아수"라고 바꿔 말하고는 웃음을 터뜨리잖아.' 그런 생각을 하니 안에서 웃음이 보글보글 일어나는 느낌이었다. '게다가 나는 "예수"라는 말도 안 나와.' 그는 진지함을 되찾기 위해 덧붙였다. '늘 앞에 "나사렛"이라는 말을 붙여야만 하지. "나사렛 예수"는 감당할 수 있지만 그냥 "예수"는 안 돼. "구세주"라는 말은 할 수 있지. "그리스도"도 마찬가지고. 누군가 예수를 믿느냐고 묻는다면 나는 움찔할 거야. 하지만 그리스도를 믿느냐고 물으면 나는 별문제 없이, 정중하고 진실하게, 아니요, 믿지 않습니다, 하고 말할 수 있어.' 안데르센 교수는 그런 생각을 하며 반대편의 불 켜진 창문들을 바라보았다. 그는 불 켜진 크리스마스트리가 놓인 거실에서 이천 년 묵은 행사를 기념하고 있는 사람들을 바라보았다. '이젠 대다수 사람들이 아무 의미도 찾지 못하는 이 의례에 모두가 얽매여 있어. 하지만 무시할 수도 없어서 가장 좋은 옷을 차려입고 기념하는 거지, 나처럼.' 그는 생각했다. '어린애 같은 마음으로. 그래, 어린애 같은 마음이야.' 그는 거듭 생각했다. '지구의 북쪽 끄트머리에 자리한 이곳의 음산한 한겨울 추위 속에서. 선진 기술과 부유함의 혜택을 누리는 나라의 수도에서. 20세기의 끝을 향해 가는 지금' 하고 그는 생각했다. '그래, 사람은 어린애 같은 감성을 그대로 유지한 채 거룩한 밤의 이미지를 체험하는 걸 거야.' 그는 생각했다. '마음속 가장 깊은 곳에서는 그런 측면, 또는 가능성을 미미하게나마 인정하면서 그런 어린애 같은 감성을 북돋우는 걸 거야. 보통은 그런 감성을 억누르지만, 그리고 대개는 그게 옳지만.' 그는 창가에 선 채로 단조롭게 생각을 이어가며 거룩한 밤이 찾아오기를 기다렸다. 가장 근사한 옷을 차려입고 창가에 서서 길 건너 불 켜진 창문들을 바라보던 그는 한 시간, 혹은 두 시간 정도 상념에 빠져 이 밤을 보내다가 잠자리에 들어야겠다고 결심했다.

하지만 이게 웬일인가. 어떤 창문에 여자가 한 명 나타났다. 그가 그날 저녁에 특별히 주시하고 있던 아파트 네 곳 중 하나가 아니라 같은 건물에 있는 더 작은 아파트였다. 내내 불이 켜져 있긴 했지만 조금도 호기심을 일으키지 않던 곳이었다. 어쩌면 그곳에 사는 사람들이 안쪽 멀리 앉아 있어서 어떤 인상을 받기가 힘들었기 때문이었는지도 모른다. 하지만 이제 그곳에 여자가 서 있었다. 그녀는 창밖을 바라보고 있었다. 아름다운 여자라고 안데르센 교수는 생각했다. 긴 금발을 늘어뜨리고 창가에 서서 심각한 기색으로 앞을 바라보고 있는 여자. 실제로 반드시 아름다우리라는 법은 없지만, 창가에 드러난 모습을 보면 긴 금발에 호리호리한 소녀 같은 체구의 미인일 것 같았다. '젊군.' 안데르센 교수는 생각했다. '아마도 회사원일 거야. 공부하는 사람이거나. 공부만 하든, 다른 일과 겸하든 하겠지.' 하지만 그는 여자를 오래 관찰할 수 없었다. 등뒤에서 다른 인물이 나타나자 그녀가 갑자기 몸을 돌렸기 때문이다. 남자였다. 그 역시 젊은 것 같았다. 하지만 안데르센 교수는 새로운 인물이 젊은 남자일 거라고 추정하는 이유를 바로 댈 수는 없었다. '하지만 그런 건 꽤 정확히 알 수가 있지. 척 보면 감이 오거든. 예컨대 시야에 나타날 때의 활발한 동작도 그렇고.' 그렇게 생각하던 안데르센 교수는 자신이 젊은이라고 곧바로 확신한 그 남자가 여자의 목에 손을 올려 조르기 시작하자 경악하며 뒤로 물러섰다. 그녀가 팔을 내젓는 모습이 보였다. 몸을 뒤치는 모습도 보였다. 그러다가 갑자기 남자의 손 밑에서 여자의 몸이 모든 움직임을 멈추고 축 늘어졌다. 젊은 남자는 몸을 곧추세웠고, 안데르센 교수는 창가로 다가오는 남자의 모습을 보고 얼른 커튼 뒤로 숨었다. 잠시 후 커튼 뒤에서 조심스럽게 밖을 엿본 안데르센 교수는 반대편 아파트의 커튼이 닫혀 있는 것을 보았다.

'경찰에 연락해야 돼.' 그는 생각했다. 그는 전화기 쪽으로 걸어갔으나 수화기를 들지는 않았다. '살인이야, 경찰에 연락해야 돼.' 그는 생각했지만 여전히 수화기를 들지는 않았다. 대신 그는 다시 창가로 갔다. 도로 반대편 아파트의 창문에는 아직도 커튼이 닫혀 있었다. 그곳에서 이례적인 일이 발생했다는 표시는 전혀 없었다. 크리스마스이브의 늦은 밤, 닫혀 있는 커튼, 흔한 풍경이었다. '하지만 이 두 눈으로 직접 봤잖아' 하고 그는 신음했다. '난 살인 사건을 목격했어. 누군가에게 알려야 해.' 그는 커튼이 쳐진 건너편 창문을 뚫어져라 쳐다보았다. 쳐다보고 또 쳐다보았다. 불빛이 들어가지도 새나오지도 않는 두꺼운 커튼이었다. '도대체 무슨 일이 일어난 거지?' 그는 생각했다. '정말 끔찍해. 게다가 바로 내 눈앞에서. 이 두 눈으로 직접 봤잖아. 그래, 자세히 설명할 수도 있어. 경찰에 알려야 해.' 그는 전화기로 다가갔지만 수화기를 들지 않았다. '무슨 말을 하지?' 그는 생각했다. '살인 장면을 봤다고? 그래, 내가 할 말은 그거야. 그러면 그들은 나를 비웃으며 가서 자라고, 술이 깨면 다시 전화하라고 하겠지.' 그는 생각을 이어갔다. '다들 잘 알잖아, 술을 약간 마셨을 때 취하지 않은 척하려 하면 오히려 만취한 사람으로 오해받기 쉽다는 사실 말이야. 혀 꼬부라진 소리를 낼까봐 너무 신경을 쓰면 정말로 혀가 꼬여버리잖아. 게다가 지금처럼 제정신이 아닌 상태로 전화를 하면 말이 안 통할 거야.'

그래서 그는 거실의 불을 모두 끈 뒤 창가의 커튼 뒤에 서서 살인 장면이 펼쳐졌던 창문을 계속 지켜보았다. 그는 그렇게 몇 시간 동안 어두운 거실에 서서 응시했다. 건너편의 네모난 표면을. 그가 본 광경을 가리고 있는 그것을. '경찰에 전화하지 않는 건 좀 이상해.' 그는 생각했다. '아직 너무 늦진 않았어. 그들이 내 말을 믿지 않고 주정뱅이 취급하거나 다른 어떤 말을 하더라도, 어쨌든 내가 신고를 하고 나면 그뒤로 어떻게 대응하든 그건 그들 소관이지. 그렇게 간단한 문제야.' 하지만 그는 전화를 걸러 가지 않았다. 그저 창가에 서서 바라보기만 했다. 건너편의 네모난 표면을. 남자는 아직 안에 있을까? 아마도, 혼자서 정문 현관을 나오는 남자는 보지 못했으니까. 하지만 그는 안데르센 교수가 전화기 쪽에 가 있는 사이에 나갔을 수도 있었다. 하지만 그렇다면 커튼은 왜 친 걸까? '아니야, 아직 저 안에 있을 거야.' 안데르센 교수는 생각했다. '저 두꺼운 커튼 뒤에 젊은 남자가 죽은 여자와 함께 있어. 그가 방금 살해한 여자와. 그리고 나는 그걸 알고 있지.' 그는 생각했다. '하지만 난 아무 대응도 안 하고 있어. 전화를 했어야 해. 다른 무엇보다 나 자신을 위해서라도. 참 희한하군. 그렇게 했어야 한다는 건 알아. 하지만 할 수가 없어. 바로 그거야, 그냥 할 수가 없는 거야.'

그는 닫힌 창문을 계속 쳐다보면서, 살인자가 나올지도 모른다는 생각에 정문 현관까지 감시했다. 하지만 아무 일도 일어나지 않았다. 늦은 밤이었고 안데르센 교수는 졸음이 밀려오는 것을 느꼈다. 그는 왜 거기 서 있을까? 갑자기 커튼이 다시 열리는 것을 보기 위해? 아니면 살인자가 정문 현관으로 나오기를 기다렸다 얼굴을 확인하려고? 그래야 할 이유는 뭐지? 그 목적은 뭐지? 그가 방금 저지른 살인죄로 잡혀가도록 경찰에 신고하지도 못하는데 그 사람 얼굴을 꼭 봐야 하나? 도대체 왜 그 사람을 꼭 봐야 하지? 안데르센 교수는 자신이 살인자를 보고 싶다는 강박적인 욕구를 느끼고 있음을 인정해야 했다. 그렇지 않다면 이곳 창가에 서서 정문 현관을 점점 더 뚫어져라 쳐다보는 이유가 뭐란 말인가? 그것은 한 가지 확신이 있었기 때문이다. 그가 커튼이 다시 열리기를 소망하며 닫힌 창문에 그토록 오래 시선을 고정하고 있었던 것은, 그렇게 하면 모든 것이 예전과 같아질 거라는, 젊은 여자가 여전히 젊고 아름다운 모습으로 다시 창가에 나타날 거라는 정신 나간 생각 때문이었다. 어떤 이유로든 그렇게만 된다면, 그 이유에 대해 깊이 생각해볼 필요는 없을 것이다. 하지만 그의 시선이 정문 현관으로 미끄러졌을 때 그것은 살인자가 뛰쳐나가는 모습을 포착하기 위해서였지, 크리스마스 전날 밤에 젊은 연인이 휘파람을 불며 현관을 걸어나오는 모습을 보겠다는 불가능한 꿈을 위해서가 아니었다. 아, 그것에 대해서는 털끝만큼의 믿음도 없었다. 불가능한 희망조차도 품지 않았다. 지금 그의 눈이 정문 현관을 훑는 것은 살인자가 뛰쳐나가는 모습을 보기 위해서, 살인자의 얼굴을 보기 위해서였다. 그럴 수 있기를 바라는 강박적인 소망이었다. 하지만 안데르센 교수는 그 소망이 혐오스러웠다. 그래서 그는 자기도 모르게 그런 상황에 휘말려 살인자의 얼굴을 보겠다는 일념으로 그곳에 서 있는 짓을 이제 그만두기로 결심했다. 그러고는 잠자리에 들었다.

그는 겨우 잠들었다. 당연히 뒤숭숭했지만, 잠은 잤다. 자꾸만 뒤척였고 잠깐씩 조는 거나 다름없었지만, 잠은 잤다. 아침 무렵에 그는 소변이 마려워 잠에서 깼다. 그는 침대에서 구르듯 내려서서 화장실로 갔다. 소변을 본 후 다시 침대로 뛰어들기 전에, 먼저 거실을 거쳐 창가로 가서 건너편 아파트를 쳐다보았다. 커튼은 여전히 닫혀 있었다. 그는 다시 잠들었고 눈을 떴을 때는 해가 중천에 떠 있었다.

안데르센 교수는 욕실로 가서 샤워를 했다. 전날과 같은 양복과 흰 셔츠, 넥타이 차림에 검은 구두를 신었다. 크리스마스였기 때문이다. 그리고 부엌으로 가서 아침식사를 준비했다. 식당에서 식탁을 차리고 있는 동안에도 그는 창가로 가서 밖을 내다보았다. 언제부턴가 눈이 내리고 있었다. 커다란 눈송이가 하늘에서 흩날리며 내려와 차도와 인도를 뒤덮었다. 너무나 평온한 풍경이어서, 바로 맞은편 아파트의 창문에 시선이 멈추는 순간 그는 가슴이 저릿해졌다. 커튼은 여전히 닫혀 있었다. 크리스마스 아침식사를 마친 후 그는 눈 속에서 산책을 하기로 했다.

안데르센 교수는 실레베크에 있는 널찍한 아파트에서 살았다.

실레베크는 프롱네르실렌에 있는 해변 주택지대지만, 첫째로는 (지금은 사용되지 않는) 철로 때문에, 그리고 둘째로는 서西 오슬로로 가는 주요 교통로인 고속도로 때문에 해변과 단절되어 있었다. 현관으로 나가니 차가운 공기가 얼굴을 때렸다. 모퉁이를 돌아 드람멘 대로를 따라 걷기 시작했을 때 더욱 촘촘하고 거세진 눈발이 (모자를 쓰지 않은) 머리 위로 내려앉았다. 눈은 이미 상당히 두껍게 쌓였고 드람멘 대로 위를 제외하고는 치워진 곳도 없었다. 옆길에서 운전자들이 차를 빼서 나가느라 쩔쩔매는 동안에도 될 대로 되라는 식의 쾌활한 분위기가 넘쳐흘렀다. 크리스마스 당일에 긴한 업무를 처리해야 하는 사람이 많을 리는 없어서, 간밤이나 새벽에 내린 눈이 초래한 겨울날의 혼란을 모두들 시끌벅적한 가운데 기분좋게 받아들였다. 안데르센 교수는 소용도 없는 힘든 일을 하며 행인의 시선을 끄는 그 쾌활한 사람들 사이에서 눈길을 밟고 지나가며, 이 모든 것들이 참으로 사교적이라고 느꼈다. 그는 닐스 유엘 거리를 거쳐 뷔그되위 길을 따라 걸은 뒤 그곳에서 브리셰뷔 쪽으로 좀더 나아갔다. 크리스마스 날 아침에 거리로 나온 다른 많은 사람들처럼 안데르센 교수도 산책을 하려고 나온 것뿐이었다. 하지만 브리셰뷔에 도착하기도 전에 그는 돌아가기로 결심했다. 마음이 무거워 도저히 산

책을 할 수가 없었던 것이다. 그는 극도로 불안했다. '아' 하고 그는 생각했다. '그냥 전화를 했다면 좋았을걸. 그랬다면 이 일에서 손을 털 수 있었을 텐데. 그랬다면 이건 그저 흥분되는 사건에 불과했을 테고 적어도 내게는 끝난 일이 되었을 텐데. 하지만 난 지금 너무 불안해.' 그렇게 생각한 그는 되돌아가기로 마음먹었다.

그러다 잠시, 그래도 그 길을 내처 가야 하지 않을까 하는 의문이 들었다. 브리셰뷔까지 간 뒤 거기에서 브리셰뷔 대로를 따라 인두스트리 거리로 걸어가 마요르스투아에서 야코브 올 거리에 있는 경찰서에 가야 하지 않을까. '어쨌든 지금이라도 신고할 순 있잖아.' 그는 생각했다. '그러면 손을 털 수 있어. 물론 험한 꼴을 볼 수도 있겠지. 더 일찍 얘기하지 않았으니까. 하지만 이해할 마음만 있으면 다들 알 거야. 아무리 선한 사람이라도 이런 일을 겪을 수 있다는 걸 말이야.' 잠시 그는 브리셰뷔로 내처 가서 브리셰뷔 대로를 따라 마요르스투아의 경찰서로 곧바로 간다는 생각이 워낙 솔깃하게 느껴진 나머지 그런 가능성이 있다는 사실 자체에 상당한 안도감을 느꼈다. 하지만 그런 안도감이 온몸을 훑고 지나가자마자 그것은 어쨌거나 안일한 생각에 불과함을, 분명 그의 기분을 잠시 띄워주기는 하겠지만 실행에 옮겨지지는 않으리라는 것을 깨달았다. 그렇게 가정에 불과한 생각들을 곱씹다가 점점 수렁에—그것이 그가 마음속에서 쓴 표현이었다—빠져든 그는 모두 집어치우기로 결심하고 뒤돌아서서 닐스 유엘 거리를 따라 실레베크를 향해 걸었다. 그는 혹시 무슨 일이 일어났을까싶어서 조바심을 내며 집으로 돌아갔다. 아파트 건물 앞에 도착해서는 도로 반대편 건물을 등진 채, 뒤편의 창문을 올려다보고 싶은 충동을 간신히 억누르며 열쇠로 건물의 정문을 열었다. 그러고 나서 계단을 올라가 자신의 아파트로 들어간 뒤 그는 창가로 갔다. 하지만 아니었다. 그대로였다.

'정신 차려.' 그는 다급하게 중얼거렸다. '넌 크리스마스 아침에 겨우 삼십 분 동안 외출한 것뿐이야. 정확히 말해 오후 열두시 사십오분부터 한시 십오분까지. 그런 짧은 시간 동안 저 창문에서 무슨 일이 일어나겠어? 어떻게 그런 상상을 할 수가 있지? 바람이겠지. 그래, 맞아. 하지만 그건 가망 없는 바람이야. 언젠간 저곳에서 무슨 일이든 일어나겠지. 하지만 그게 오늘이란 법은 없어. 진정해. 다른 생각을 하라고.' 하지만 그는 다른 생각을 할 수가 없었다.

'누군가에게 말해야 돼.' 그는 생각했다. '누군가에게 전화를 해야 해.' 그는 친구들을 떠올리며 누구에게 전화를 할까 생각해봤다. 그런 생각을 하는 동안 그는 내일 박싱 데이*에, 당연히 니나와 베른트 할보르센의 집에 가서 저녁식사를 할 거라는 사실을 떠올렸다. '그때까지 기다릴 순 없어.' 그는 생각했다. '베른트에게 이 얘기를 해야겠어. 그 친구는 어쨌든 의사잖아.' 초대 시간은 일곱시였다. 한 시간쯤 일찍 도착한다면 니나가 부엌에서 음식을 준비하는 사이에 베른트와 얘기할 시간이 충분할 것이다. 그는 그렇게 생각했다. 베른트는 와인이나 챙기면서 코르크 마개를 열고 적당한 온도로 맞추기 위해 히터 옆에 두는 일 정도나 할 게 뻔하니까. 그 일을 하는 베른트 할보르센 옆에서 그는 설명을 하면 되는 것이었다. 그런 생각을 하니 마음이 좀 진정됐다. 그가 할 일은 그때까지 하루 조금 넘게 버티는 일 뿐, 그러고 나서 설명을 하면 되는 것이었다. 그 정도는 해볼 수 있었다. 그만큼은 참을 수 있었다. 그는 부엌으로 가서 냉장고에 넣어둔 루테피스크**를 살펴보았다. 꺼내서 살짝 만져보기도 했다. 살이 단단하고 좋았다. 최상품의 생선으로 만든 루테피스크는 냉장고에

* 크리스마스 다음날인 12월 26일. 유럽 및 영연방 국가에서 공휴일로 지정되어 있다.

** 말린 대구를 가성소다와 차가운 물을 혼합한 용액에 며칠간 담가서 쫄깃한 상태로 만들어 요리한 음식.

하루종일 놔둬도 괜찮다고 생각하며, 그는 그것을 다시 냉장고에 넣었다. 안데르센 교수는 저녁까지 기다렸다 식사를 할 작정이었다. 그동안 좋은 책을 읽어야겠다, 하고 그는 생각했다. 좋다는 게 무슨 의미이든. 그리고 책을 읽으며 술도 한잔할 생각이었다. 저녁식사를 할 때는 맥주와 아쿠아비트를. 커피를 마실 때는 코냑을.

저녁은 결국 그렇게 흘러갔다고 할 수 있다. 다음날 아침, 안데르센 교수는 지독한 숙취를 느끼며 잠을 깼다. 여전히 눈이 내리고 있었다. 사방에서 제설차의 모터 소리가 들렸다. 드람멘 대로에서 제설차가 도로 표면의 눈을 긁어내는 소리도 들렸다. 맞은편 창문의 커튼은 여전히 드리워져 있었다. 직사각형 커튼이 창문 전체를 빈틈없이 완벽하게 덮고 있었다. 크리스마스였던 어제 밤낮으로 여러 번 창가로 가 건너편을 내다보았던 안데르센 교수는 오늘도 마찬가지로 같은 행동을 자주 반복했다. 그는 니나와 베른트 할보르센의 집에서 있을 만찬을 고대했다. 오후 다섯시밖에 안 되었는데도 집을 나섰다. 갑자기 사게네까지 쭉 걸어가고 싶다는 생각이 들었기 때문이다.

그는 닐스 유엘 거리를 따라 리데르볼 광장으로 걸어가 카밀라 콜레트 길과 요세피네 거리를 거쳐 호만스뷔엔, 그리고 비슬레트로 갔다. 비슬레트에서는 달스베르그스틴을 따라 울레볼 길과 상트한스헤우겐으로 간 뒤, 발데마르 트라네 거리의 가파른 경사로를 따라 알렉산데르 시엘란 광장으로 걸어갔다. 거기에서 그는 마리달 대로를 따라 걸어서 뵈인 다리까지 갔는데, 그 위편으로 강둑의 풀이 눈으로 덮인 아케르 강가의 조그만 집에서 할보르센 부부가 살았다. 그를 만찬에 초대한 이 부부는 둘 다 의사였다. 막 출발했을 때는 침착하게, 사실상 천천히, 리데르볼 광장과 비슬레트를 향해 흩날리는 눈과 크리스마스 무렵의 어둠을 뚫고 걸어갔다. 시간이 많았고 너무 빨리 도착하는 일은 피하고 싶었기 때문이다. 어쨌거나 그는 일곱시로 약속한 저녁식사 자리에 여섯시까지 가려는 것이니까. 하지만 비슬레트에 미처 도착하기도 전에, 계획을 실행에 옮겨야겠다는 열망 때문에 발걸음이 빨라졌다. 그래서 상트한스헤우겐에 도착해 알렉산데르 시엘란 광장으로 내려가는 경사로에 들어서려 할 무렵에는 몸이 기분좋게 훈훈해지면서, 어서 빨리 목적지에 도착해 머릿속에서 들끓고 있는 생각을 토해낼 수 있기를 간절히 원했다. 이런 상황에 제 발로 걸어들어간 이유를 알고 있었기 때문이다. 달리 행동할 수는 없었다. 그는 살인 사건을 목격했으나 신고하지 않았다. 그렇다, 정말로 신고하지 않았다. 그는 신고할 생각이 눈곱

만큼도 없었으며 왜 그런지 이유도 알고 있었다. 살인은 이미 일어나버렸다. 쟁점은 그것이었다. 돌이킬 수 없는 일이 이미 일어났고, 그는 목격자라는 것. 돌이킬 수 없는 일을 그들에게 경고해줄 수는 없었다. 그가 목격한 것이 절도였다면, 예컨대 길 건너 아파트에서 텔레비전과 오디오를 들고 나오는 도둑들을 봤다면, 그는 지체 없이 경찰에 신고했을 것이다. 그런 경우라면 위급했을 테니까. 화재 사건이었더라도 마찬가지였을 것이다. 창문을 통해 새어나오는 연기를 보았다거나 냄새를 맡았다면, 당연히 그는 잠시의 망설임도 없이 소방서에 전화했을 것이다. 또, 보자, 아래편 거리에서 벌어지는 악랄한 폭행을 목격했다면, 그리고 그중 하나가 다른 사람을 죽일 것 같다는 생각이 들었다면, 그는 당장 전화기로 달려가 경찰에 연락했을 것이다. 그리고 경찰이 도착하기를 기다리는 동안 직접 나서서 폭행을 막아볼 생각도 했을 것이다. 너무 무섭지만 않다면 말이다. 아, 그런데, 너무 무서웠다 치고, 경찰이 오기 전에 한 사람이 다른 사람을 때려죽이는 모습을 거기 서서 지켜봐야 했다면 물론 그는 끔찍한 양심의 가책에 시달렸겠지만 그래도 감당했을 것이다. 그래, 빌어먹을, 잘 감당했겠지. 그는 반항하는 심정으로 그렇게 생각했다. 그리고 겁이 나든 말든 경찰에는 반드시 전화했을 것이다.

그 점에 관해서는 의문의 여지가 없었다. 돌이킬 수 없는 일이 일어나는 것을 그 전화로 막을 수 있었을 테니까. 하지만 그는 돌이킬 수 없는 일을 목격했고, 그가 할 수 있는 일은 아무것도 없었다. 경찰에 전화를 걸어 어떤 일이 일어났는지 알린다고 해서 상황을 개선시킬 수는 없었다. 그가 목격한 살인은 이미 완료된 일이었다. '그들에게 말할 순 없어. 그렇게 해서 얻을 수 있는 유일한 성과는 살인자 체포뿐이야.' 살인자는 당연히 체포되겠지만, 자신이 개입해 그 남자가 저지른 짓을 알려서 붙잡히게 하지는 않을 것이다. 그런 생각을 하면 혐오감이 밀려들었다.

'내 말 이해하겠어?' 그는 속으로 물었다. 그가 지금 서둘러 가고 있는 집에 사는 사람들을 향한 질문이었다. '그 젊은 여자가 다시 창가에 서는 일은 없을 거야. 지난 이틀간 나는 여자가 다시 창가에 나타나기를 바랐는지도 몰라. 하지만 그런 일은 없을 거야. 그 여자는 죽었어. 살해당했다고. 커튼은 닫혀 있어. 다시 커튼이 열릴 때 창가에 서 있는 건 바깥을 내다보는 살인자일 거야. 그를 잡는 데 나는 아무런 역할도 할 수 없어. 비록 살인을 저지른 사람이지만 내가 그런 피해를 줄 순 없어.' 그는 생각했다. 자신의 생각에 몸서리를 치면서도 그 얘기를 친구에게 털어놓고 싶은 생각이 간절해진 그는 마리달 대로를 향해 서둘러 걸어갔다. 그렇다, 눈 내리는 오후에 그는 겨울날의 어둠과 도시의 불빛 속을 뛰다시피 걸어갔다. 이미 일어나버려 돌이킬 수 없는 일에 대한 자신의 의견을 다른 사람과 함께 나눌 기회를 찾아서.

숨이 턱까지 차오른 채, 그는 할보르센의 집에 도착해 초인종을 눌렀다. 베른트가 문을 열었다. '세상에, 이렇게 일찍 온 거야?' 그가 외쳤다. '응, 약속시간이 일곱시 아니었어?' 안데르센 교수는 천연덕스럽게 대답했다. '그래, 그런데 지금은 다섯시 사십오분이잖아.' 베른트는 그렇게 말하고 나서 웃음을 터뜨렸다. '아, 젠장, 내가 시간을 잘못 봤나보네.' 안데르센 교수는 중얼거렸다. 베른트는 문을 활짝 열었고 안데르센 교수는 의기소침해져서 안으로 들어갔다. 그가 상상했던 상황과 달랐다. 그는 놀란 얼굴로 나온 베른트 할보르센이 너무 일찍 왔다고 말하면, '그래, 나도 알아. 그런데 자네한테 하고 싶은 중요한 얘기가 있어' 하고 대답할 생각이었다. 그는 왜 그렇게 말하지 않은 것일까?

아마도 너무 성급한 행동처럼 느껴져서 그랬을 것이다. 어쨌거나 다른 손님들이 도착하기 전에 베른트와 이야기할 시간은 충분했다. 그는 대화를 그쪽으로 자연스럽게 유도해야겠다고 생각했다. 하지만 결국 그것도 불가능해졌다. (미리 상상했던 대로) 베른트와 함께 술을 한 잔씩 들고 거실에 앉게 되었는데도,

안데르센 교수는 얘기를 꺼낼 엄두가 나지 않았다. 그동안 니나는 부엌에서 음식을 준비하며 가끔씩 남편을 불러 이런저런 도움을 청했다. 베른트가 부엌으로 불려갈 때마다 안데르센 교수에게는 짬이 생겼으므로, 친구에게 털어놓고 싶어 좀이 쑤시는 그 얘기를 어떻게 화제에 올릴까 생각해볼 수 있었다. 눈 딱 감고 바로 요점을 말할 수도 있었고, 먼저 어떤 식으로든 서두를 꺼냈다가 적절한 말을 찾아, 끔찍한 얘기지만 가볍고 수월하게 이야기를 풀어갈 수도 있었을 것이다. 그러나 베른트 할보르센이 거실로 돌아왔을 때는 말이 밖으로 나오지 않았다. 시간은 일곱시를 향해 흘러가고 있었고 이제 곧 다른 손님들이 올 참이었다. 안데르센 교수는 초인종이 울리기를 기대했다. 초인종이 울리는 게 오히려 나을 것 같았다. 그는 알게 되었기 때문이다. 비로소 깨달았다. 절친한 친구 베른트 할보르센에게도 마음속의 말을 꺼내놓을 수 없다는 것을. 이 사건에 관해서는 불가능했다. 다른 많은 얘기들은 가능했지만, 어쩐 일인지 이건 불가능했다.

다른 손님들이 도착했다. 모두 안데르센 교수의 지인들이었다. 국립극장에서 희극 배역을 훌륭하게 해석해 연기하는 배우 얀 브뤼힐센과 그의 두번째 아내이자 미모가 조금은 퇴색한 스튜어디스 유디트 베르그가 있었고, 수석 심리학자 페르 에케베르그와 문화부의 최고위 행정관인 그의 파트너 트리네 납스타도 있었다. 집주인인 니나와 베른트 할보르센 부부와 마찬가지로 손님들은 모두 오십대였고, 서로 오랫동안 알고 지낸 사이였다. 안데르센 교수는 니나와 베른트가 그와 짝을 이룰 여자 손님을 따로 초대하지 않은 것이 다행이라고 생각했다. 그는 사교 모임에서 옆자리의 독신녀를 즐겁게 해주어야 한다는 의무를 지게 되면 모임 자체에 집중하기가 힘들었다. 새로운 경험을 기대하고 왔을 게 분명한 사람을 실망시키지 않기 위해 최선을 다해야 했기 때문이다. 그는 식탁에서 짝을 이룰 독신녀 없이 홀몸으로 있을 때 마음이 훨씬 편했다. 정중하지만 잔뜩 긴장한 신사 역할 대신 파티 전반에 허물없이 섞여드는 역할에 집중할 수 있어서 재치를 발휘하기도 수월했다.

그들은 식탁에 앉았다. 세련되고 노련한 자리 배치 방식 덕분에, 모인 사람들의 수가 홀수라는 사실이 잘 드러나지 않았을뿐더러 모두가 더욱 즐거운 시간을 보낼 수 있었다. 두 사람과 짝을 이룬 여주인 니나의 왼쪽에는 얀 브륀힐센이, 오른쪽에는 페르 에케베르그가 앉아 그녀의 호의와 관심을 얻기 위해 쾌활한 경쟁을 벌일 수 있었고, 집주인 베른트는 왼쪽에 유디트 베르그를 앉혀 그녀가 베른트와 대화를 즐기다가 동시에 그녀의 왼쪽 자리에 앉은 페르 에케베르그와도 어울릴 수 있게 했다. 트리네 납스타 역시 안데르센 교수와 짝을 이루어 앉았지만 오른쪽으로 고개를 돌리면 국립극장의 주역 희극배우인 얀 브륀힐센이 있었다. 얀은 여주인 니나가 자기 오른쪽에 앉은 페르 에케베르그와 대화에 몰두할 때 왼쪽에 앉은 트리네와 대화를 나눌 수 있었다. 그러면 안데르센 교수는 잠시 짝을 얻어 왼쪽에 앉은 오랜 친구, 집주인 베른트 할보르센과 몇 마디 얘기를 나눌 기회를 얻었고, 베른트가 유디트 베르그와 대화에 빠져 있을 때는 멍하니 허공을 바라볼 수도 있었다. 이런 방식으로 대화는 여기에서 저기로 자연스럽게 흘러갔으며, 대다수가 관심 갖는 주제가 나오면 모두 함께 이야기할 기회도 많았다. 베른트를 제외하면 아무도 한 명의 고정된 짝을 책임질 필요가 없기 때문이었다. 하지만 한 사람과 짝을 이룬 유일한 사람으로서 베른트는 식탁에 앉은 사람들 전체가 대화에 포함되도록, 바라건대 모두 동일한 대화를 나누도록 돌보는 명확한 책임을 떠맡고 있었다. 이렇듯 사교 모임에서 사람 수가 홀수라는 것은 결점이 아니라 오히려 이점이라는 사실이 다시 한번 드러나는군, 안데르센 교수는 생각했다. 그러니, 파티를 계획하는 사람들이 허구한 날 초대할 사람에게 동반자가 있는지 아닌지 신경을 쓰는 건 참 이상한 일이었다.

참 대단한 아이디어야, 안데르센 교수는 생각했다. 그는 최근에 사람들이 짝수를 이루어 식탁에 앉은 만찬 파티가 성공적이었던 기억이 거의 없었다.

그들은 전채 요리로 락피스크*를 먹었고, 주요리는 뇌조였다. 락피스크에는 맥주에 이어 체이서**로 아쿠아비트가 나왔고, 뇌조 요리에는 스페인산 고급 레드 와인 리오하가 나왔다. 전채 요리가 나오기 전에 여주인 니나는 메뉴를 정하면서 고민했던 난제에 대해 하소연을 늘어놓았다. 전채로 락피스크를 먹고 나중에 뇌조를 먹으면 잘 어울린다. 락피스크와 뇌조 둘 다 같은 지역인 발드레스산이라는 사실을 감안하면 더욱 그렇다. 하지만 음료를 생각하면, 맥주에 체이서로 아쿠아비트를 마신 뒤 레드 와인을 마신다? 자신이 생각할 때 그건 이상적인 조합이 아니었지만 달리 무슨 방법이 있었겠는가. 뇌조를 먹기 전에 다른 전채 요리를 먹는다? 아니, 그건 싫었다. 식품 저장실에 발드레스에서 만든 락피스크가 있고 같은 지역에서 난 뇌조가 있는데 어떻게 그럴 수가 있나. 게다가 두 가지 모두 직접 나서서 구한 음식

---

* 송어 등의 생선에 간을 하여 몇 달, 또는 몇 년 동안 발효시켜 그대로 먹는 노르웨이 전통 음식.

** 약한 술 뒤에 마시는 독한 술, 또는 그 반대 순서로 마시는 술.

으로, 뇌조는 베른트가 발드레스에 가서 사냥했고 락피스크 역시 발드레스에 사는 가까운 지인에게서 구한 것, 그러므로 메뉴는 이렇게 될 수밖에 없었다. "그러니 여러분은 지금 락피스크에 곁들여 맥주와 아쿠아비트를 마시고 그다음에 레드 와인을 마시게 되더라도 그냥 받아들이셔야 해요." 니나가 딱 잘라 말했다.

그들은 락피스크를 먹었고, 맥주와 아쿠아비트로 건배를 했다. 안데르센 교수는 정다운 친구 니나와 베른트 할보르센의 집에서의 크리스마스 만찬을 즐기고 있었다. 베른트는 어릴 적부터 알고 지낸 친구로, 두 사람은 오슬로 피오르 인근의 마을에서 함께 자랐다. 같은 시기에 오슬로로 와서 베른트는 의학을, 그는 예술과 인문학을 공부했으며, 다른 학부에 속했지만 학창 시절 내내 친하게 지냈다. 얼마 후 베른트는 역시 의학을 공부하던 니나를 만났고 안데르센 교수 역시 그녀와 알고 지냈다. 그러다 그가 역시 예술과 인문학을 공부하던 아내를 만났고, 학창 시절 막바지부터 두 쌍의 신혼부부는 많은 시간을 함께 보냈다. 그뒤로도 그들은 계속 자주 만났으며, 두 부부 중 한쪽이 오슬로를 떠나 살던 시기에는—니나와 베른트가 다른 지역의 병원에서 근무했을 때, 그리고 안데르센 교수가 연구기금을 받아 외국에 나가거나 스트라스부르에서 노르웨이 출신 객원교수 자격으로 일했을 때—빈도가 줄기는 했지만, 그가 아내와 이혼한 십 년 전까지도 만남은 이어졌고, 그뒤로도 그는 혼자서라도 니나와 베른트를 계속 만났다. 그도 베른트도 성공적인 삶을 살아왔다. 그는 박사 학위를 마친 뒤 상대적으로 젊은 나이에 교수가 되어 일찌감치 대학에 자리를 잡았으며, 비슷한 시기에 베른트는 의료계에서 경력을 쌓아 청년기에 이미 고문 의사 자리에 올랐고 지금도 울레볼 병원에서 고문 의사로 일했다.

다른 손님들은 니나와 베른트의 친구들이었지만 바로 그 이유 때문에 그들은 안데르센 교수와도 가깝게 지내게 되었다. 그는 페르 에케베르그가 60년대에 심리학과 학생이던 시절을 잘 기억하고 있었고, 트리네 납스타는 그와 마찬가지로 블린데른* 에서 예술과 인문학을 공부하던 시절에 도서관의 나른한 열람실에서 본 기억이 있었다. 체구가 자그맣고 활기 넘치던 그녀는 조용한 열람실을 벗어나기만 하면 요란하고 날카로운 목소리로 끊임없이 수다를 떨었다. 그녀가 충분히 매력적이라고 생각했음에도 그런 목소리가 다소 신경에 거슬렸다고 그는 기억했다. 니나와 베른트의 집에서 페르 에케베르그의 새로운 파트너로서 사실

* 오슬로 대학의 메인 캠퍼스.

상 두번째 부인이 된 트리네를 다시 만났을 때, 그는 가끔씩 그의 첫 부인에 대한 궁금증이 일곤 했다. 페르가 삶의 여정 도중에 이 여자와 함께 정착을 했고 그녀에게서 위안을 찾았다는 사실 때문이었다. 우리 모두 알고 있듯, 그리고 페르 에케베르그에게도 마찬가지로, 삶의 여정에는 피할 수 없는 종말이 찾아오는 법이며, 그래서 우리는 잠시나마 걱정을 하지 않을 수가 없기에. 페르 에케베르그는 수석 심리학자였다. 그는 공공 부문에서 일하다 사기업으로 이직해 다국적 광고 회사의 노르웨이 지사에서 임원이 된 후로도 수석 심리학자라는 직함을 유지했다. 그는 공공 부문에서 그랬던 것처럼 민간 기업에서도 만족하며 일하는 듯했고, 게다가 돈을 훨씬 많이 벌었다. 그는 새로운 직업의 창의적인 면을 크게 중시했을 가능성이 크다. 그런 창의적인 면 덕분에 무엇보다도 그는 자신을 임원이라 칭하지 않고, 광고계에서는 훨씬 흥미롭게 들릴 게 분명한 수석 심리학자라는 직함을 계속 사용했을 것이다.

굳이 선택을 하자면 그는 페르 에케베르그와 트리네 납스타보다는 얀 브뤼힐센과 유디트 베르그를 더 높이 사는 쪽이었다. 얀 브뤼힐센은 마흔다섯에 막 이혼남이 되었을 때(당시 그보다 훨씬 잘나가던 여자 동료와의 결혼생활을 끝낸 참이었다), 스튜어디스를 만나 정신을 못 차릴 정도로 사랑에 빠졌다. 그녀는 조금 피곤해 보이는 사십대의 미인으로 이탈리아 재계 거물과의 짧은 관계에서 얻은 십대의 딸을 혼자 키우고 있었다. 당시 전형적인 이류 배우였던 얀 브뤼힐센이 시들어가는 스튜어디스와 사랑에 빠졌다는 이야기는 부인할 수 없는 강한 희극성을 띤 채 회자되었는데, 그런 악의 섞인 희극성을 안데르센 교수 역시 전혀 즐기지 않았다고는 말할 수 없다. 하지만 그 연애 사건 때문에 안데르센 교수는 얀 브뤼힐센을 은밀히 숭배했다. 그는 얀을 우러러보며, 국립극장의 단역배우 얀 브뤼힐센이 마음의 소리를 따라가기를 속으로 응원했다. '스튜어디스를 향한 젊은 시절의 꿈에 매혹되지 않는 사람은 사랑하는 법을 잊은 사람이지.' 그는 마음속으로 그렇게 부추겼다. '비록 유디트 베르그가 꿈에 그리던 스튜어디스와는 다른 모습에다 요통이 심하고 발이 부었으며, 립스틱을 바른 입술 주변의 주름이 씁쓸한 표정을 자아내는 피곤에 지친 중년 여자라 할지라도, 그녀는 어쨌든 얀 브뤼힐센과 나 같은 남자가 마음을 빼앗기지 않을 수 없는 스튜어디스를 대변하는 인물이야.' 그때나 지금이나 안데르센 교수는 그렇게 생각했다. '얀 브뤼힐센은 천진난만한 사랑을 간직한 사람이야. 참 우러러볼 만한 점이지. 언젠가는 반드시 보답을 받을 거야.' 안데르센 교수는 그렇게 생각했다. 그리고 그는 보답을 받았다. 무대 위에서. 국립극장의 대극장 무대에서. 그곳에서 지금 그는 성공을 구가하고 있었다. 처음에는 작은 배역들을 맡았는데 별안간 그의 연기에 나타난 희극적 재능에 연극 애호가들이 흥미를 보이기 시작했다. 위대한 극작가들의 펜 끝에서 탄생한 단역들은 굉장한 희극적 잠재력을 지닌 경우가 많지만 그것이 제대로 발휘되는 경우는 거의 드물다. 단역은 대개 대단찮은 배우들이 맡기 때문이기도 하고, 대단한 배우들이 맡을 경우에는 주역을 압도하거나 그 장면에서 더 중요한 사건들을 가림으로써 작품의 극적 통일성을 해치기 때문이기도 하다. 하지만 얀 브륀힐센은 성공했다. 희극적인 배역을 위대한 배우처럼 연기하지 않고 대단찮은 배우처럼 연기했기 때문이다. 그는 무대에서 꿈이나 야망이라고는 전혀 없는 모습으로 단역을 연기했다. 그는 배역에 내재하는 희극적 성격을 드러내기 위해 혼자 튀려고 하지 않았다. 그는 주변부에 선 채 대단찮은 배우처럼 단역을 연기했지만, 그의 선명하고 생생하고 실로 거칠기까지 한 희극 연기를 보며 많은 관객들은 침묵과 웃음이 섞인 마법적인 순간을 경험했다. 머지않아 그는 더 큰 배역을 맞게 되었고 지금은 극단의 주요 희극배우 중 하나로서 몰리에르나 홀베르그의 작품, 또는 셰익스피어의 가벼운 희극을 무대에 올릴 때마다 주역으로 거론되었다. 그가 이런 고전적인 희극 배역을 잘 연기한 것—특히, 주역의 옷을 걸친 단역배우의 이미지를 유지하며—은 사실이지만, 진정한 감동을 주는 것은 작중 인물 자체의 달콤한(이 단어의 원래 의미 그대로) 일면이었으며, 사람들은 본래 희극 공연을 보면 감동을 받기 마련이다. 하지만 그럼에도 단역에서만은 얀 브뤼힐센이 비범한 솜씨를 발휘한다고 안데르센 교수는 생각했고, 다른 많은 사람들도 같은 의견이었다. 그러나 안데르센 교수는 이런저런 의견을 공적인 자리나 사적인 자리에서 대놓고 말하지는 않았다. 얀 브뤼힐센이 들을 수 없더라도 그의 기분을 상하게 하는 말을 하고 싶지 않았기 때문이다.

그들은 락피스크를 먹었다. 그리고 맥주와 체이서를 마셨다. 건배를 하고 웃고 즐겁게 담소를 나누었다. 그들은 모두 같은 세대였고 강한 인연으로 엮여 있었다. 그런 유대감은 오늘밤 그들에게서 영영 멀어지고 말았다는 불편한 기분과 특히 힘든 씨름을 하고 있는 안데르센 교수마저도 하나로 만들었다. 그는 친구이자 이 집 주인인 베른트에게 마음을 털어놓겠다는 목적 하나로 만찬에 한 시간 십오 분이나 일찍 와놓고도 그것을 실행에 옮기지 못한 자신에게 여전히 놀라고 있었다. 결과를 상상하기 힘든 어떤 일에 말려들기 직전인 줄 알았는데, 사실은 이미 휘말려 있다는 것을 깨달았다. 그로 인해 무엇보다 그는 친구를 잃고 홀로 남게 될지도 몰랐다. 친구에게 마음을 열고 솔직히 사정을 털어놓겠다는 강한 충동이 막상 베른트를 대면하자 사라져버렸다는 사실을 이제는 부인할 수 없었기 때문이다. 그런 생각 때문에 안데르센 교수는 정신이 다소 산만했다. 그런 산만한 정신 상태에서는 만찬 자리의 대화에서 비켜나 그것이 자신과는 관련이 없는 딴 세계의 일인 것처럼, 자신과는 관련 없는 낯선 이들의 몸짓과 의식인 것처럼 외부인의 위치에서 바라보기 십상이었을 것이다. 하지만 그는 그러지 않았다. 원해서든 아니든 그는 20세기가 저물어가는 시기에 노르웨이의 수도에서 성공한 오십대 지식인들 무리에 섞여 있었다. 그들은 강한 인연으로 서로 엮여 있어서, 예를 들어 안데르센 교수는 페르 에케베르그나 트리네 납스타와 절친한 사이가 아니었지만 블린데른에 있는 대학에 다니던 60년대부터 그들을 알고 있었고, 니나 할보르센의 이름이 아직 니나 헬베르그이던 시절부터 그녀를 알던 트리네 납스타는 페르 에케베르그와 서로의 존재조차 모르던 시기에도 니나의 어릴 적 친구인 페르의 첫 부인을 쉽게 기억해낼 수 있었다. 이처럼 60년대 초반을 돌아보면 그 대학에서 형성된 무작위적이지만 강하고 여전히 유효한 인연이 있었다. (당시에는 언감생심 꿈도 꿀 수 없었던 스튜어디스 유디트 베르그만 빼고) 모두가 함께 다니던 그 대학에서 그들은 각자의 방식으로 과격한 학생이 되었다. 얀 브륀힐센을 제외하면 누구도 극좌파, 혁명적 마르크스레닌주의자, 마오쩌둥주의자의 길을 가지는 않았고, AKP(m-l)*로 알려진 전설적인—혹은 악명 높은—마르크스레닌주의 노동자전선에 몸을 담지도 않았다. 사실, 그런 사상들이 전면적으로 대두되었을 때 그들은 거기에 빠지기엔 나이가 좀 많은 편이었고 각자 나름의 방식으로 현실에 안주한 상태였다. 하지만 그들은 상대적으로 이른 60년대와 70년대 초반에 이미 NATO에 반대했고 유럽 공동시장에도 반대표를 던졌다. 페르 에케베르그는 노르웨이와 남아공 간에 테니스 토너먼트가 열리던 기간에 마드세루드에서 아파르트헤이트에 반대하는 시위에 참가했다가 경찰에 끌려가기도 했고, 니나와 베른트는 반핵 시위자로서 더플코트에 '핵무기 철폐' 배지를 달고 다녔다. 아직 학부생이었던 안데르센 교수는 어릴 적에 인기를 끌었던 수영 급수 배지에 빗대어 그것을 '핵 배지'라고 부르며 "핵 배지를 땄구나" 하고 농담을 했다.

* 'Arbeidernes Kommunistparti(marxist-leninistene)'의 약자로 '노동자들의 공산당(마르크스레닌주의)'이라는 뜻. 1973년에 설립된 노르웨이의 정당이다.

하지만 심각한 문제를 농담거리로 삼았다고 생각한 니나와 베른트가 정색을 하자 졸지에 그는 실없는 농담을 한 사람이 되었고, 다른 사람들마저 웃지 않는 것을 보자 스스로도 실없어진 느낌이 들었다. 안데르센 교수도 자기 나름대로는 급진적인 사람이었는데 말이다. 하지만 학부생 시절 안데르센 교수의 급진주의는 당시 철학과 사회과학의 지배적 접근법이었던 경험론 학파를 말이나 글로 공격하는 사람들에게 관심을 갖고 지지를 보내며, 예술과 문학에서 나타나는 모든 종류의 아방가르드적 경향에 몰두하는 방식으로 표출되었다.

베른트 할보르센이 군비경쟁과 냉전 문제에 지대한 관심을 갖고 이를 적극적으로 행동에 옮기고 있을 때, 학부생 폴 안데르센은 단칸방에 앉아 좀처럼 해독이 안 되는 이상한 시들을 읽었다. 그것은 베른트 할보르센이 한결같은 진지함으로 추구했던 것과 동일한 중심 신경에 연결된 그 나름의 정치적 급진주의였을까? 분명히 그가 프랑스와 폴란드의 아방가르드 영화, 모더니즘 문학, 추상화 등에 그토록 골몰한 것은 베른트 할보르센이 이미 속해 있던, 그리고 그 역시 내면에서 명확히 옹호할 수 있던 어떤 시대에 합류하기 위한, 때로는 절박했던 노력이었다. 그는 아방가르드 예술, 지금까지 우리 시대를 장악해온 이 예술 형태를 이해하기 위해 열성적인 노력을 기울였다. 하지만 그는 아방가르드를 온전히 이해하지 못한다는 느낌이 자주 들었고, 그것을 단편적으로나마 이해해보려고 온 신경을 집중했는데도 여전히 이해 부족, 혼란, 무관심의 상태에 빠진 적도 인정하고 싶지 않을 만큼 많았다. 그럴 때면 그는 절망적인 기분이 들면서 자기 시대의 예술을 이해하지 못한다는 열패감에 시달렸다. 그리고 그런 경우에는 실제로 아는 것보다 더 아는 척한 경우가 많았다는 사실, 예술작품을 보고 실제로는 아무런 감동이 없는데도 감탄하는 척하기까지 했다는 사실도 부인할 수는 없다. 하지만 한편으로는, 예를 들어 모더니즘 시 한 편과 오래 씨름하다 갑자기 깨달음에 도달했을 때 그가 경험한 희열이란 얼마나 대단했던지! 그런 경우, 직관적이고 직접적으로 이해되었을 때 그의 기쁨은 최고조에 이르렀다. 왜 그랬을까? 그럴 때는 탐색하고, 초조해하고, 빈번히 부적응에 시달리던 그의 영혼이 그 시대의 위대한 정신들과 마치 그것이 세상에서 가장 자연스러운 일인 것처럼 섞여들었기 때문이었다. 그는 가장 높은 수준의 깨달음을 얻은 느낌이었다. 그럴 때면 그는 현실에 조응했다는 사실에 깊고 고요한 만족을 느꼈다. 그리고 바로 그때 누군가 자신의 단칸방에 찾아와주기를, 그래서 그 시를 그들에게 소리 내어 읽어줄 수 있기를 바랐다. 이 현실이 모든 인습적이고 정상적인 현실을 분해시키며, 아주 다르면서 자주 비타협적인 현실을 묘사한다는 사실, 이런 현실 속에서는 평범한 것들이 종종 블랙 유머를 동반한 채로 기형과 불가능성의 풍경, 불안과 억눌린 절규로 점철된 풍경, 냉소적이고 끈질긴, 비난하고 해체되는, 사기를 잃고 술에 취한, 완전한 행복에 대한 믿음으로 치명적인 상처를 입은, 그런 풍경을 통과하면서 결국 낯설고 두려운 위치로 옮겨가버린다는 사실은, 자기 시대의 가장 뛰어난 업적을 이해할 수 있다는 데서 비롯된 폴 안데르센의 희열을 조금도 갉아먹지 않았다. 하지만 이 모든 것을 가슴으로 받아들일 수 있는 젊은 남자가 동시에 심각하고 도덕적으로 격앙된 정치적 급진주의에 동조할 수 있다는 것이 조금은 불가사의하게 느껴지는 것도 무리는 아니다. 하지만 그것이 사실이었다. 혼란스럽고 인습 타파적인 아방가르드 예술작품을 이해했다고 생각될 때 폴 안데르센이 느낀 흔치 않은 행복의 순간은 살아갈 날이 많이 남은 젊은이로서 그의 가능할 것 같지 않은 삶에 대한 확신을 저하시키기는커녕 오히려 강화시켰다. 그는 안락이 아니라 맹렬함을 추구했다. 그는 구조를 보고 이해하도록 교육받았지만 오히려 구조의 해체를 추구했다. 그가 예술에 마음을 둔 것은 받아들이기 위해서가 아니라 보기 위해서였다. 그는 예술작품에 관해 '가치 있다'는 말을 쓴다는 것을—예를 들어 어떤 책을 읽고 많은 것을 얻었다거나, 많은 것을 배웠다는 식으로 말하는 것을—상상할 수조차 없었다. 그는 예술작품이 깨달음을 주고, 그릇된 기대 없이 냉소적으로 볼 수 있게 해주고, 그래서 살아 있음을 느끼게 한다고만 생각했다. 젊은이들은 종종 그런 느낌을 명징하게 포착하기 위해 안간힘을 쓰며, 그로 인해 쉽사리 현실 부적응에 시달린다. 사실, 젊은 시절의 안데르센이 고상한 체하는 속물이었다는 사실을 간파하기는 그리 어렵지 않다. 그토록 부적응에 시달리던 그가 자기 시대의 일부가 되고자 했다면 그것은 오직 최고 수준의 깨달음에 도달함으로써, 이 시대의 가장 뛰어난 예술적 업적을 이해함으로써 가능했을 것이다. 하지만 안데르센 교수는 어떤 경우라도 우리에게 자신을 봐달라고 부탁하지는 않았을 것이다. 게다가 자신에게 현대성 그 자체를 의미했던 동시대 아방가르드 운동에 줄을 대기 위해 그가 얼마나 절박하게 노력했는지 우리가 이미 알아버린 지금은 더더욱. 그 시대의 젊은이로서 그는 예를 들면 파운드나 엘뤼아르, 첼란이나 프레베르의 시를 이해하기 위해 힘겹게 노력했고 마침내 뜻을 이루어 그 시들을 심지어 직관적으로까지 이해할 수 있게 되었다. 그런 일이 일어났을 때 그의 자부심이 얼마나 치솟았을지 눈에 선하지 않은가? 그러니 우리는 그런 자부심과 이 풋내기 젊은이의 가슴을 채웠을 긍지를 인정해주기로 하자. 그 깊고 고요한 만족감 속에서 그가 이미 이룬 소망 외에 단 하나 바라는 것은 누군가 자신을 찾아와, 그 사람과 함께 이 만족감을 나누는 것뿐이다. 그리하여 그는 누군가 자신의 소박한 단칸방에 찾아와주어 그에게 시를 읽어줄 수 있기를 바란다. 두 젊은이가 있다. 한 사람이 다른 사람에게 시를 읽어준다. 두 젊은 학생이 있다. 한 사람이 다른 사람에게 그들과 동시대를 살며 있는 그대로의 삶을, 따라서 미래의 삶까지도, 가장 탁월하게 인식한 젊은이들의 작품을 읽어준다. 폴 안데르센은 생명의 활력이 터져나올 듯 혈기 넘치는 젊은이는 아니었다. 나이든 사람들이 청년들을 묘사할 때 흔히 젊음의 척도로 내세우는, 왕성하게 흘러넘쳐 젊은이다운 행동으로 표출될 수밖에 없는 원기와 강건함이 딱히 자신에게 있다고는 느끼지 않았다. 혈색이 좋지 않은 청년이었던 그는 하루에 담배를 마흔 개비씩 피우고 일주일에 사나흘은 연기 자욱하고 후텁지근한 술집에서 맥주를 삼 리터 넘게 마셨다. 일주일에 두 번 이상 숙취에 시달리며 잠을 깨면서도 무거운 몸을 이끌고 블린데른으로 가서 열람실과 강의실을 돌며 힘겨운 하루를 보냈다. 그는 답답한 공간에서 생활하며 쑤시는 사지를 축 늘어뜨린 채 끝없이 생각에 잠겨 있었다. 그럼에도 그의 젊은 정신이 외부에 민감하게 반응했다는 사실은 의심의 여지가 없으며, 그런 민감성으로 인해 그의 앞에는 유망한 미래가 펼쳐졌다. 이따금 그와는 성향이 완전히 딴판인 의대생 베른트 할보르센이 찾아오면, 예컨대 게오르그 요한네센이나 스타인 메렌과 같은 작가들의 시를 그에게 읽어주었다. 자신보다 고작 두세 살 많을 뿐인 그 노르웨이 시인 두 명을 그는 대단히 존경했다. 가끔 빨기는 해도 볕에 말린 적은 없는 침대보가 흐트러져 있는 침대 위에 앉아 그는 베른트에게 시를 읽어주었다.

시간이 흘러 게오르그 요한네센과 스타인 메렌은 노르웨이 시단의 양극단에 서게 되었다. 요한네센은 좌파 인텔리들과 교류했고, 메렌은 보수층에서 베르겔란 이후 가장 위대한 시인으로 손꼽혔다. 하지만 60년대 초반에 그들의 시가 처음 나오고 학부생 안데르센이 그것을 읽었을 때, 자신이 진정으로 존재한다고 느끼기 위해 절박하게 아방가르드에 기울던 한 젊은이에게만은, 그 시들은 동일한 범주에 속했다. 폴 안데르센은 베른트 할보르센에게 게오르그 요한네센의 다음 시구를 읽어주었다. "거울 속 내 죽음을 / 볼 수 없어 / 다행이다—벽에서 내 사진이 떨어질 때 / 나는 벽지를 닮아 있을 것이다 / 어느 자손이 내 이불을 세어보면 / 모두 하얗고 깨끗할 것이다 / 그것을 샀던 날과 마찬가지로—모든 것이 새로 쓰여야 한다 / 내가 서명을 하기 전과 마찬가지로." 그러고 나서 스타인 메렌의 다음 시구를 읽어주었다. "하지만 이방인은 산비탈에 서서, 밤의 도시가 / 웅웅거리는 소리를 듣는다. 그는 아무것도 할 수 없다 / 그 또한 관찰자다. 밤의 대기 저편에 보이는 / 해변의 도시들은 우연히 해변으로 밀려온 것처럼 / 보인다. 그리고 지금 빛의 해파리처럼 감기고 뒤얽힌 채 / 누워—저멀리…… 저 위에서 새로운 신들이 맴돌고 있다 / 하늘에 뜬 바퀴의 보이지 않는 바퀴살 속에서. / 저멀리 커다란 동그라미처럼 보이는 마을들이 / 부드럽게 진동하며 간간이 SOS 신호를 퍼뜨린다." 시를 낭송할 때 그는 이 두 시인의 시어와 세계관이 판이하다는 것을 완전히 인식하고 있었고, 그것은 실제로 그가 두 시를 베른트 할보르센에게 매우 다른 방식으로 읽어주었다는 사실로도 나타났다. 게오르그 요한네센은 딱딱 끊어지는 쉰 목소리로, 스타인 메렌은 무아경에 빠져 떠도는 듯한 목소리로 읽었다(라디오에 출연한 스타인 메렌이 자기 시를 그렇게 읽는 것을 들은 적이 있었다). 하지만 그들에게는 한 가지 공통점이 있었으니, 그것은 둘 다 그의 시인이며 그에게 생명력을 불어넣어준다는 점이었다. 그리고 이제 그는 너무도 당연히 이 시들을 베른트 할보르센에게 열심히 읽어주었고, 그의 의견을 듣고자 했다.

그리고 베른트는 귀를 기울였고 잘 들었다. 하지만 폴 안데르센이 자신의 열의가 베른트 할보르센의 정신에도 스며들었기를 고대하며 시에 대한 친구의 생각을 듣고자 숨죽여 기다렸다면, 그는 필시 실망했을 것이다. 그런 일은 일어나지 않았기 때문이다. 그것은 젊은 안데르센이 분명 예상했을 상황이며, 따라서 그가 그토록 열심히 시를 낭송한 것은 베른트의 열정적인 해석을 듣기 위해서가 아니었다. 그보다는 베른트가 그의 친구 안데르센이 그토록 골몰한 것이 무엇인지 마음을 열고 정중하고 적절하게 귀담아듣고 있다는 느낌을 받고 싶어서였을 것이다. 그리하여 자신이 너무도 당연하게 생각하던 어떤 것을 새삼스럽게 인정받고 싶었을 것이다. 그가 친구를 불러 젊은 동시대인들이자 자국의 영웅인 게오르그 요한네센과 스타인 메렌을 포함해 계속 늘어가는 아방가르드 시인들의 레퍼토리에서 골라낸 작품들을 낭송한 것은, 정말로 당연한 얘기지만, 자신과 베른트가 같은 편임을 느끼기 위해서이기도 했던 것이다. 그리고 두 사람이 같은 편이라면 폴 안데르센이 딱딱 끊어지는 쉰 목소리로든 무아경에 빠져 떠도는 듯한 목소리로든 시를 낭송할 때 베르트는 진심으로 마음을 열고 귀를 기울이기 마련이었다. 마침 그들은 같은 편이었고, 같은 편에 속하므로 그는 별 열의가 없는 사람에게 아방가르드 시를 읽어줄 권리가 자신에게 있다고 여겼다.

폴 안데르센이 베르트 할보르센과 함께 NATO와 핵무장에 반대한 것은 그로서는 당연한 일이었다. 하지만 사실 그는 그 문제에 크게 골몰하지 않았고, 자신이 전념해야 하는 정치적 행동이라기보다는 대화의 주제로서 관심을 쏟았다. 그럼에도, 예컨대 1962년의 쿠바 위기 같은 정치 현안이 대두될 때, 베르트의 명민한 견해를 듣고 동의한다는 의미로 몇 마디 발언을 하거나 관심의 표시로 한두 가지 질문을 하는 것은 좋아했다. 그것은 그에게 지극히 자연스러운 일이었다. 그것은 폴 안데르센이 읽는 스타인 메렌의 시 「기대」를 듣고 난 뒤 베르트가, 괜찮은 시로군, 하고 말하거나 게오르그 요한네센의 「세대」를 듣고, 그래 참 좋네, 하고 칭찬하는 일이 자연스러운 것과 마찬가지였다. 베르트가 그 시집들을 몸소 사서 혼자서 읽어보거나 니나에게 들려주는 일은 결코 없었지만, 젊은 안데르센이 베르트가 준 '핵무기 철폐' 배지를 자기 옷깃에 다는 일 역시 기대하기 힘들었다. 대신 그는 배지를 단칸방 서랍장 위 눈에 잘 띄는 곳에 자연스럽게 올려놓아 그곳에 찾아오는 사람들이 모두 볼 수 있게 했다. 이런 자연스러움은 자신이 골몰하고 열정적인 관심을 쏟는 것에 대한 애정의 표시인 동시에, 상대가 골몰하고 열정적인 관심을 쏟는 것에 보이는 살짝 정중한 거리 혹은 존중의 표시였으며, 그들의 것이며 그들만의 것인 생명력, 그들이 속한 바로 그 시대의 생명력, 그리고 그 세대의 공동체 정신이 두 사람 모두를 관통하고 있다는 사실을 나타냈다. 하지만 사실 그런 공동체 정신은 그 세대 일부에게만 있었다. 당시 청년들은 둔감한 보수파에 해당하는 유형이 대부분이었으며 베른트와 폴은 그들의 의례적 행동들을 싫어하고 심지어 혐오하기까지 했다. 그들 자신은 소수파에 지나지 않았지만 한 세대의 성격을 규정할 만큼 특징적이었음은 폴 안데르센과 베른트 할보르센 둘 다 전적으로 동의하는 사실이었다. 두 사람이 공유하는 생각은 다른 그들, NATO에 찬성하고 핵무장을 지지하며 아방가르드 예술에 반대하는 이들을 겨냥한 것이었다. 예를 들어 마드세루드에서 노르웨이와 남아공 간의 테니스 토너먼트와 아파르트헤이트에 반대하는 시위를 하던 사람들이 모두 추상미술이나 난해한 자유시에 열렬히 빠져들었다고는 말할 수 없으며 사실은 그런 것들을 그다지 즐기지 않는 사람들이 많았을 테지만, 그래도 그들은 아방가르드 예술에 충격을 받거나 거부감을 느끼거나 그것을 배척하지는 않았다. 심지어 한국에서 온 피아니스트가 대학 대강당에서 열린 콘서트 피날레에서 피아노를 때려 부숴버린 일이 벌어졌어도* 그들은 다른 그들처럼 아방가르드 예술에 거부감을 느끼지 않았으며, 단지 이렇게 묻는 것으로 논평을 대신했다. 정말로 그랬대?

이 만찬에 참석한 사람들은 모두(유디트 베르그만 빼고 모두—당시 그녀는 놀랍도록 아름다운 공주 같은 모습으로, 그러나 시중을 받기보다는 시중을 들면서, 그들 머리 위 높은 곳에서 날아다니고 있었으니) 급진적 정치관과 아방가르드 예술 애호(혹은 정치적 존중)라는 공통분모를 가진 동맹 안에서 각자의 방식으로 존재했다. 다시 말해, 새로움과 현대성을, 즉 그들 시대의 특징적인 현대성을 대변하고, 다른 그들과 반대편에 서서 (고루한 노르웨이의) 물에 탄 듯한 새로운 순수예술에 맞서는 태도를 지닌 이들이었다.

그것은 삼십 년도 더 지난 60년대의 일이었다. 지금 그들은 완전히 새로운 인생의 단계에 접어들었다. 그들 앞에는 더이상 창창한 삶이 펼쳐져 있지 않았다. '나'를 생각하면 동시에 '미래'라

* 백남준이 1961년 9월에 오슬로 소재 국립미술디자인대학에서 행위 예술 공연을 한 바 있다.

는 단어가 떠오르는 인생의 단계는 이미 지났지만, 과거를 돌아보며 의사로, 심리학자로, 주연배우로, 교수로, 문화 행정가로 꽤 성공적인 삶을 살았다고 말할 수 있는 시기에 다다른 것이다. 그들은 모두 오십대이며 자식이 없는 안데르센 교수를 제외하면 전부 장성한 자녀들을 두었다. 하지만 현재의 배우자에게서 자식을 본 사람은 집주인 니나와 베른트 할보르센뿐이었다. 수석 심리학자 페르 에케베르그의 자식들은 첫 부인의 소생으로, 딸과 아들 모두 현재 오슬로 대학에서 아버지처럼 심리학을 공부하고 있었다. 트리네 납스타의 딸은 볼다에서 언론학을 공부하고 있으며, 이탈리아 재벌의 소생인 유디트 베르그의 딸은 텔레비전 사회자로 경력을 쌓아 지금은 텔레비전 방송의 오락 프로그램에서 사회를 맡고 있었다. 니나와 베른트에게는 자식이 세 명 있는데, 스물일곱 살 아들 모르텐은 의대를 그만두고 록 음악을(베른트 말로는 사실상 팝 음악을) 하고 있고, 스물다섯 살 아들 토마스는 의대 졸업을 앞두고 있으며, 열다섯 살 딸 클라라 유제니는 아직 부모와 함께 살고 있지만 물론 이 특별한 저녁에는 외출한 상태였다. 얀 브륀힐센이 첫 결혼에서든 다른 식으로든 자식을 두었는지 여부는 좀 불분명했다.

이 만찬에 참석한 사람들 중 누군가가 사진을 찍는다면 어떤 모습을 보게 될까? 사진이 인화된 직후, 그곳에 있는 사람들, 식탁에 둘러앉은 일곱 명, 집주인들과 손님 다섯 명은 사진 속의 제 모습에서 자신만의 특징을 알아보고 살짝 미소를 지을 것이며, 그런 다음 다른 손님들의 특징을 발견하고는 아마도 더욱 재미있어할 것이다. 다시 말해, 일곱 명 전원이 자신과 다른 이들의 버릇을 유심히 살피면서, 알아봤다는 뜻으로 식별의 미소를 지을 것이다. 하지만 앞으로 삼십 년이나 삼십오 년이 흐른 뒤 그 사진은 어쩌면 니나와 베른트의 아들 토마스의 앨범에 끼워져 있을지도 모르며, 토마스는 이십대가 된 자기 아이들에게 그 사진을 보여주며 역시 식별의 미소를 지을 테고 그의 아들들은 (또는 딸들은) 그 시기의 전형적인 모습이 재미있어 웃을지도 모른다. 그것은 니나와 베른트 할보르센이 전성기를 누린 90년대의 전형적인 모습이자, 그런 조합, 그런 성향의 사회집단을 구성한 그들 시대의 전형적인 모습일 것이다. 이 사진은 자연스러운 상황에서 찍힌 듯하고 그래서 사진 속 인물들은 바로 그 순간에는 자신들이 찍히고 있다는 사실을 몰랐을 테지만, 니나와 베른트의 자손들은 구식 옷을 차려입고 이상한 자세로 저녁 식탁에 둘러앉은 이 일곱 명을 보며 외칠 것이다. 다들 너무 딱딱해, 너무 인위적이야. 그 사진에 찍힌 바로 이 세대, 성장 과정과 배경을 공유한 바로 이 사회집단은 나름의 성향으로 인해 각 개인이, 또한 집단 전체가, 자연스럽고 느긋하고 모든 면에서 자발적인 것처럼 보이기 위해 특히 신경을 썼음에도 그렇게 보인다는 사실은 참으로 모순적이지만, 그것이 바로 멈춘 시간 속에 포착된 이미지의 가차없는 특징이다. 늘 경직되고 인위적인 느낌이 드는데, 아마도 이 경직되고 부자연스럽고 인위적인 상태가 실제로 그 사진이 찍힌 시대의 지배적인 분위기였을 것이다. 당시에는 그런 분위기에 완전히 젖어 자각하지도 못했겠지만, 삼십 년이나 삼십오 년이 흘렀다고 상상하며 들여다보면 그 분위기가 사진 밖으로 흘러넘쳐 어떤 감정을 이끌어내고, 그로 인해 지나간 시절의 사진들을 볼 때 우리의 입가에 흔히 떠오르는 온화한 미소를 띠게 한다. 그 미소는 그들이, 다시 말해 니나와 베른트의 다다음 대 자손들이, 자신들이 아직 태어나기도 전의 박싱 데이에 사게네에 있는 조부모의 집에서 열린 파티에서 우연히 찍힌 이 사진을 보고 90년대의 전형적인 특성을 알아본 뒤 짓는 미소이므로 식별의 미소라고 할 수 있다. 하지만 이들 중 예컨대 베른트 할보르센이 사진 속의 자기 모습을 보면서, 의사로 일하다 생겼는데 사적인 삶까지 스며든 어떤 버릇, 따라서 그런 상황에서는 나쁜 버릇이라 할 수 있고 그 자신도 약간 희극적이라고 생각하지만 이제 그만큼 나이를 먹은 후에는 어찌해볼 도리가 없는 습관—말하자면 한 손 위에 다른 손을 겹쳐 올려놓는 것과 같은 행동—을, 원래는 환자를 안심시키기 위한 것이었지만 지금은 박싱 데이에 자신의 집에서 연 파티에서조차 반복하고 있는 그 습관을 즉시 알아보고 고개를 저을 수도 있지만, 그는 그저 반쯤 체념한 듯 고개를 젓다가 곧이어 사진 속에 있는 다른 사람들을 살필 것이다. 사진에 드러난 자기 아내의 유별난 특징과 몸을 앞으로 기울인 페르 에케베르그의 심각한 모습을 유심히 쳐다볼 테고, 고개를 살짝 젖힌 자세에서 거만함이 뚝뚝 흐르는 안데르센 교수를 볼 때는, 참으로 폴다운 모습이군, 하고 생각하며 미소를 지을 것이다. 거만하게 고개를 젖힌 그 모습이 쉰다섯의 이 남자가 평생 동안 사람들과의 관계에서 느껴온 불안을 감추기 위해 만들고 다져온 자세임을 베른트는 알기 때문이다. 같은 방식으로 그의 손자들과 손녀들이 가령 2029년에 그 사진을 본다면 그들의 할아버지와 안데르센 교수를 각각 쳐다보며 너무도 전형적이라고 생각하겠지만, 할아버지는 참 전형적이야, 안데르센 교수는 참 전형적이야, 하고 생각하기보다 두 사람을 함께 보면서 이렇게 외칠 것이다. 손을 저렇게 겹치고 고개를 저렇게 젖히는 모습은 전형적인 90년대의 모습이야! 시대의 정신이란 이렇게 작동하는 것이어서, 한 시대에 갇힌 사람들은 보지 못하지만 다른 시대에, 밖에서, 해방된 상태로 사진 속 우리를 보는 사람들에게는 역력히 드러나기 마련이다.

90년대에 오슬로에서 둘 다 의사로서 성공한 부부의 집에서 열린 이 파티에는 분명 누군가가 이렇게 외칠 만한 소지가 있었을 것이다. 전형적인 90년대식이로군! 비록 집주인들이나 손님들 모두가 자연스럽게 각자의 개성을 표현했지만, 그 개성이 어떤 것이라고 그들이 직접 밝히기는 (불가능까지는 아니더라도) 상당히 어려웠을 것이며, 물론 너무도 고통스러운 일이어서(바로 여기에서 불가능성이 생기는 것인데), 깊이 생각하는 일을 피하고 싶었을 것이다. 하지만 안데르센 교수는 갑자기 내적(그리고 외적)으로 기묘한 상태에 빠져, 무엇보다 이 집단 안에서 자신의 위치에 대해 강한 불안감을 느끼게 되었다. 그는 한편으로는 그 집단의 사회적 규칙을 알기 때문에, 다시 말해 세련된 취향이나 유머 감각으로 여겨지는 것이 무엇인지 알기 때문에 그 안에 있으면 마음이 편하기도 했지만 다른 한편으로는 덫에 걸린 듯한 느낌도 들었다. 그래서 그는 가능하기만 하다면, 엄청난 의지를 발휘하여, 엄청난 도약을 통해 그곳을 벗어나고 싶었다.

그들을 단연코 그 시기에 속한다고 쉽게 알아볼 수 있는 한 집단으로 묶는 것은 무엇일까? 다시 말해, 그들을 다른 이들과 구분하는 표지는 무엇일까? 그들 개개인의 발전 과정과 삶은 동종의 사회집단 어디에서나 찾아볼 수 있는 발전 과정과 많은 부분에서 비슷했다. 성공함으로써 그들은 순응했다. 좋은 음식과 좋은 술, 널찍한 주거시설과 별장과 주말 주택, 자동차와 배 등이, 급진과 보수를 막론하고 그런 혜택을 누리는 특권층에게 표지를 남겼다. 하지만 이 세대가, 아니 좀더 정확히 말해 그들이 속한 연령대의 이 소수집단이, 자기들만의 특질을 자기 세대 전체의 특질이라고 주장하는 것이 옳다고 확신하고 그것이 마땅한 확신이라면, 그리고 그들에게 이렇다 할 특질이라는 게 있다면, 다시 말해 1950년이나 1970년에 급진적 청년이었던 다른 오십대 교수들, 고문 의사들, 유명 배우들, 행정가들, 수석 심리학자들, 혹은 같은 맥락에서 2020년의 오십대들에게 있을 직업군의 사람과 비교해서도, 그들을 도드라져 보이게 할 작지만 중요한 특성이 있다면, 그것은 바로 사회의 주축이 되기를 거부한다는 점일 것이다. 그들은 자신들이 사회의 주축이라고 여기고 싶지 않았다. 스스로가 사회규범에 순응하는 사람들이 아니라고 느꼈기 때문이다. 권위에도, 자신들이 행하는 직무에도, 그들이 속한 집단에도 순응하지 않는 사람들. 그들은 자신들의 본모습을 인정하지 않았다. 자신들이 주어진 지위에 순응하지 않는다고 느꼈다. 그들은 고문 의사, 행정가, 수석 심리학자, 유명 배우, 문학 교수였지만, 저마다 마음속으로는 자신에게 기대되는 태도를 내면화하지 않았다고 믿었다. 이들은 아직도 다른 그들에게 반대했다. 이제는 더이상 그들과 구분되는 특성이 전혀 없거나 아주 미미할 뿐인데도. 예컨대, 그들은 청바지, 그러니까 소위 진이나 리바이스 차림으로 행정가나 교수 등의 직무를 수행하는 것을 즐겼다. 실제로 안데르센 교수는 청바지를 즐겨 입었고, 국립극장 이사회의 일원으로 회의에 참가할 때도 기꺼이 청바지를 입고 나갔다. 그들은 계속 권위에 반대했고 마음속 깊은 곳에서는 여전히 반골이었다. 이제 사실상 그들은 국가의 명령을 수행하는 사회의 주축이 되었고, 본인들을 제외한 (그리고 2020년에 오래된 사진으로 보이는 경우도 제외하고) 다른 사람들의 눈에는 영락없는 공무원이나 기타 국가조직의 일원으로 보였을 텐데도 그랬다. 그리고 그들 대부분이 선거에서는 여당을 지지한다는 사실은 놀라울 것도 없지만, 그들 자신은 사표를 만들어 우파가 정권을 잡는 일을 막기 위해 그런 거라고 주장할 것이다. 그렇다고 그들이 위선을 떠는 것은 아니었다. 뭐니뭐니해도, 그들은 적어도 본인들 눈에는, 자신들의 실제 모습에 순응하지 않는 사람들이었다.

그들의 또하나 유별난 특성은 삶에서 좋은 것들을 누리려는 태도였다. 그들은 지위에 맞는 음식을 먹었고, 지위에 어울리는 집에서 살았으며, 별장과 자동차와 배를 소유했고, 계속 늘어가는 부를 축적했다. 하지만 그런 것들은 아무 의미가 없다고 주장했다. 일리 있는 주장이기도 했다. 그들은 물질적 풍요를 꿈꾼 적이 없었다. 다시 말해, 그들이 미래를 꿈꾸었을 때 물질적 풍요는 각본에 없었다. 따라서 그들은 물적 재산이 마치 삶의 짐이라도 되는 것처럼 행동했다. 그들은 실제로 그런 것들에 개의치 않았고, 자신들이 향유하고 다른 사람들의 눈에 훤히 보이는 물건들을 통해 스스로를 규정하지 않았다. 이 같은 사실이 여실히 드러나는 때는 그들 중 누군가가 굉장히 비싸고 눈에 띄는 물건을 들이는 경우였는데, 그들은 삶에서 좋은 것들을 거부하지 않았기 때문에 그런 일들은 종종 생겼으며 그때마다 개인적 일탈이라는 말로 해명되곤 했다. 그리고 그런 일을 순전히 개인적인 일탈이라고 해명하는 쪽은 굉장히 비싸고 눈에 띄는 그 물건을 소유한 당사자였다. 예를 들어 페르 에케베르그는 대단히 빠르고 멋진 차를 가졌는데, 그것이 아무리 해도 떨쳐낼 수 없는 '속도광 악마'가 들렸기 때문이라고 설명했다. 그리고 커다란 요트를 사서 베스트폴에 있는 수수한 별장에 정박시켜둔 베른트 할보르센은 바람과 항해에 거의 비정상적인 매력을 느낀다며, 그것은 베스트폴에 있는 조그만 마을에서 보낸 어린 시절과 연관이 있는 듯하다고 사과하듯 해명했다. 한편 같은 마을에서 자란 안데르센 교수는 어른이 되어 요트를 사지 않아도 별문제가 없었다. 대신 안데르센 교수에게는 다른 약점이 있었으니, 그것은 이탈리아제 양복에 대한 열정이었다. 그의 옷장에는 이탈리아제 경량 모직 양복이 다섯 벌 걸려 있었는데, 문학 관련 학회 일로 이탈리아에 갔을 때 구입한 것으로(그건 사실이었다) 노르웨이에서 산 보통 양복보다 비싸지 않았다고 애써 강조했다(그러나 이건 말도 안 되는 거짓말이었다). 그의 이탈리아제 양복은 모두 노르웨이에서 판매되는 일반적인 이탈리아제 양복과 비슷한 가격이었다. 더 정확히 말해서, 같은 양복들을 노르웨이에서 살 수 있었다면 가격이 이삼천 크로네 정도 비쌌을 것이며, 따라서 그는 이탈리아에서 산 양복 한 벌당 싸구려 아델스텐 양복 한두 벌 값을 절약했다고도 말할 수 있다. 안데르센 교수는 그 이탈리아제 양복들을 자주 입지는 않았지만 가끔 그 옷을 차려입을 때는 그렇게 기분이 좋을 수가 없었다. 그가 그 양복을 입는 경우는 파티에서 멋지게 보여야 할 때라든가, 재직하는 대학을 대표하는 자리나 축하연 등에 갈 때, 아니면 단순히 강의하러 갈 때가 아니었다. 오늘밤만 해도 그는 크리스마스이브와 크리스마스 당일에 입었던 것과 똑같은 평범한 회색 양복을 입었고, 일상적인 활동을 위해서는 대부분 청바지를 입었다. 하지만 가끔씩 그는 이탈리아제 양복으로 차려입고 싶은 강한 충동을 느꼈으며, 그럴 때면 상황에 개의치 않고 내키는 대로 했다. 그런 까닭에 그는 매우 세련된 이탈리아제 순모 양복 차림으로 블린데른의 대학 캠퍼스에 나타나기도 했다. 대학원생 세미나를 지도하거나 연구실에서 대학원생 한 명을 개별지도하는 일 외에 별다른 행사가 없을 때라도 그런 모습으로 학생들 앞에 서는 것이 즐거웠다. 그는 학생들에게 좋은 인상을 주기 위해서가 아니라 스스로에게서 좋은 느낌을 받기 위해 그렇게 했다. 그 양복들을 차려입으면 짜릿한 해방감을 느꼈다. 업무를 마친 뒤 혼자서 식당에 가는 것도 좋았다. 비싼 식당일 필요는 없었으며, 창가의 작은 테이블에 아무도 없이 혼자 앉아 식사만 해도 즐거웠다.

이탈리아제 양복을 입고 식당 창가 자리에 홀로 앉아 있는, 물질적인 것에 연연하지 않는 멋쟁이 사내. 실로 유별난 세대라고 주장해도 틀릴 게 없는 연령층 내의 소수집단을 대표하는 쉰다섯 살의 안데르센 교수. 이 집단의 행동 및 사고방식과 관련된 유별난 특질은 어쩌면 60년대 어느 시기를 번개처럼 강타한 현대성의 정신에 그들이 평생 심취해왔다는 사실과 관련이 있을 것이다. 아방가르드 문화. 정치적 급진주의와 아방가르드 예술 간의 압도적이고 초현대적인 연합. 그것은 아직도 번개의 충격에서 빠져나오지 못한 듯한 그들의 정신에 평생의 심취 대상으로 깊이 자리하고 있었다. 지금 그들이 그 시절의 급진주의를 얼마나 간직하고 있는지는 단언하기 힘들었다. 노르웨이가 지금은 유럽연합이라 지칭되는 공동시장에 가입하는 문제를 두고 실시한 제2차 국민투표에서 여기 모인 일곱 명의 표심은 대략 반반으로 나뉘었다. 네 명은 반대했고 세 명은 찬성했는데, 안데르센 교수는 누가 어떤 표를 던졌는지는 상대적으로 흥미롭지 않다고 생각했다. 흥미로운 점은 찬성을 했든 반대를 했든, 그 근거가 저마다의 청년기 혹은 현대성의 정신에 있다는 점이었다. 안데르센 교수 자신은 반대표를 행사했다. 국내의 오지 주민들 대부분이 그렇게 반대하는 일에 굳이 찬성해야 할 이유를 찾을 수 없었기 때문이다. 인구가 적은 지역에 사는 농부들, 어부들, 트럭 운전사들에게는 유럽연합 가입 거부가 매우 중요한 문제임이 분명한 상황에서, 그들의 뜻을 거스를 정당한 근거를 찾을 수가 없었다. 게다가 상당수의 야심 찬 젊은 관료와 정치인들(그중 몇몇은 대학에서 그가 가르친 학생이었다)이 유럽연합 관료 조직 내의 여러 요직을 놓치게 되어 꽤 고소하기도 했다. 그것은 수입이나 명성 면에서 노른자위에 해당하는 직책들이어서 국민투표 결과가 유럽경제공동체 가입 반대로 나왔을 때 그는 그들을, 특히 자신이 실제로 아는 학생이었던 이들을 떠올리며 껄껄 웃었다. 하지만 앞서 1972년에 유럽경제공동체 가입을 거부한 첫 국민투표 때만큼 크게 웃지는 않았다—아니다, 사실은 훨씬 크게, 훨씬 상스럽게 웃었다. 다른 많은 사람들과 마찬가지로 그 역시 1972년에는 진심 어린 감회를 느꼈기 때문이다. 하지만 찬성표를 던진 페르 에케베르그는 안데르센 교수의 '안티' 입장이 융통성 없는 것이라며 조금 깔보는 듯한 말을 했다.

바로 이날 박싱 데이에 의사 부부인 니나와 베른트 할보르센의 만찬 자리에 앉아 있던 이들 남녀를 이해하기 위해서는 페르 에케베르그에 대해, 특히 그의 자기 확신에 대해 잘 알아둘 필요가 있다. 청년기의 정신에 가장 투철한 사람이 바로 페르 에케베르그였기 때문이다. 이는 표면적으로 가장 많이 변한 사람이 페르였기 때문에 모순처럼 들릴 수도 있는 말이다. 그는 공공 부문에서 고위직 심리학자로 일하던 과거와 완전히 절연하고 대규모의 상업적 고객층을 대상으로 하는 광고 회사의 임원이 되었다. 실제로 그는 임원 직함을 사용하지 않았고 계속 수석 심리학자라고 불렸다. 그것은 그가 끝내 관철시킨 충동, 혹은 아이디어로서, 결과적으로 광고업이라는 맥락에서는 매우 창의적인 아이디어로 작용하여 사람들에게 좋은 인상을 주었으며, 동시에 그의 새로운 삶, 금전적으로 훨씬 윤택한 삶에 대한 페르 에케베르그 자신의 견해를 강렬하게 피력하는 수단이 되기도 했다. 실상 근본적인 변화는 없었다. 단지 환경이 새롭고 좀더 흥미진진했을 뿐, 수행하는 업무는 전과 동일했다. 공공 행정 체계 안에서 일하다가 자유 시장의 주체가 된다는 것은 근본적인 변화가 아니다. 사민주의의 치료사에서 자본주의의 주자가 된다는 것은 근본적인 변화가 아니다. 바로 그것이 페르 에케베르그가 열변을 토하며 강력히 주장하는 견해였다. 그리고 자신을 사로잡는 모든 관심사에 대해 그렇게 열을 올리며 의견을 주장하는 그의 모습은 안데르센 교수가 1962년 가을에 그를 처음 알게 된 이후로 늘 변함이 없었다. 페르 에케베르그는 미래형 인간이었다. 그렇기에 자신은 불굴의 급진성을 지니게 된다는 게 그의 주장이었다. 미래형 인간은 새롭게 발생하는 문제들을 편견 없이, 특히 낡은 특권 의식 없이 고려할 수 있기 때문이라는 것이다. 안데르센 교수는 그의 말이 옳지 않다고 자신 있게 단정할 수가 없었다. 그들이 견지한 급진주의는 자신들이 외곬으로 매료되었던 현대성의 정신을 표출하기 위해 우연히 내세운 한 가지 방식에 불과했는지도 몰랐기 때문이다. 그래서 페르 에케베르그가 진정으로 급진적인 사람은 오래전에 지나버린 청년기의 구닥다리 사고에 갇혀 있는 안데르센 교수가 아니라 자신이라고 말하며 면전에 대고 우쭐거릴 때 그에게는 자기 확신과 투철한 신념이 있었던 반면, 자신의 견해가 급진적인지 자신하지 못한 채로 그것을 피력하려 한 안데르센 교수에게는 그런 확신과 신념이 없었다. 왜냐하면 페르 에케베르그에게도 안데르센 교수에게도 중요한 것은 급진주의가 아니었기 때문이다. 중요한 건 현대성이었다. 부유한 광고 회사 임원에게 투철한 신념과 (적어도 안데르센 교수 앞에서는) 우쭐거리는 자기 확신을 준 것은 자신이 예전과 다름없이 급진적이라는 믿음이 아니라, 예전과 다름없이 현대적이라는 믿음이었던 것이다. 페르 에케베르그가 스스로 급진적이라고 주장하는 근거는 자신의 관점이 그의 삶과 일에 항상 영향을 끼쳐온 현대성에 바탕을 두고 있다는 점이었으며, 바로 그런 이유로 안데르센 교수와 두 번씩이나 유럽경제공동체에 반대표를 던진 다른 세 명의 관점은 고루하며 낡아빠진 급진주의를 대변한다는 것이었다. 안데르센 교수는 그 말에 반박하기가 힘들었다. 자신이 마침 유럽경제공동체에 반대하는 입장이어서가 아니라, 그런 관점과 결부된 성향, 그리고 페르 에케베르그가 아주 수월하게 이름 붙인 그런 성향이 실제로 자신에게 있었기 때문이다. 실제로 그는 페르 에케베르그의 투철한 신념이 부러웠고, 그가 자기 삶을 위해 빛나는 현대적 방침을 확립하고 느낄 기쁨이 부러웠다. 그는 페르 에케베르그가 우쭐거리며 이젠 더이상 진정으로 급진적인 시각을 갖지 못한다며 자신을 비난했기 때문에 마음이 상한 것이 아니었다. 그런 경우에 그가 그토록 마음이 상한 이유는 다름이 아니라 그 비난이 자신이 평생 열광했던, 그리고 자신의 성격에서 떼어낼 수 없는 일부라고 믿었던 현대성에 대한 감각을 상실했음을 지적하는 것이라 여겨져 큰 아픔을 느꼈기 때문이다. 페르 에케베르그 앞에 있으면 안데르센 교수는 자신이 고루한 오십대 남자로 느껴졌다. 그는 자신의 관점을 좋아하지도 않으면서 고수했지만, 가능하기만 하다면 좀더 현대적인 견해를 취하고 싶었다.

그들은 만찬 식탁에 둘러앉아 있었다. 전채 요리는 모두 먹은 뒤였다. 주요리가 들어오고 있었다. 뇌조였다. 니나는 고기에 곁들인 콩을 가리키며 러시아산이라고, 이 나라에서는 아주아주 구하기 힘든 식재료라고 말했다. 아시겠지만, 러시아산 콩을 구할 수 있는 곳은 오슬로 전체에서 딱 한 군데밖에 없는데, 그것도 미리 주문해야만 살 수 있어요. 그 말에 안데르센 교수가 나서서 니나가 얘기하는 가게를 아주 잘 알고 있으며 자신도 가끔 그곳에서 생선을 사는데 다른 손님들이 러시아산 콩에 대해 문의하는 모습을 심심치 않게 보았다고 말했다. 그는 다른 사람들에게 그게 어느 가게인지 맞혀보라고 권했다. 그는 전채 요리를 먹는 내내, 사실은 그보다 먼저 식전주를 들고 서 있을 때부터 계속 이어진 대화의 주제를 바꾸기 위해 그렇게 한 것이었다. 상황은 이러했다. 며칠 전, 크리스마스를 앞두고 유디트 베르그의 딸 잉리 귀다가 처음으로 진행한 새로운 텔레비전 오락 프로그램 〈귀다〉가 다름 아닌 노르웨이 공영방송 NRK에서 방영되었다. 그러므로 이 파티에서 그 일이 화제에 오른 것은 놀라운 일도 아니었다. 특히 손님 중 한 명이 사회자의 어머니인데다 프로그램이 엄청나게 좋은 반응을 얻었으니, 식전주를 손에 들고 서 있는 동안 유디트 베르그에게 따뜻한 축하의 말을 건네는 건 당연한 일이었다. 그런데 이 오락 프로그램 얘기가 전채 요리를 먹는 내내 계속된 것이다. 그 방송을 본 사람이 페르 에케베르그와 트리네 납스타와 유디트 베르그뿐이었다는 사실만 아니라면 그래도 괜찮을 수 있었을 텐데, 안데르센 교수는 보지 못했고, 니나와 베른트도 보지 못했으며, 그날 저녁에 국립극장 대극장 무대에 섰던 얀 브륀힐센 또한 볼 수 없었다. 결과적으로, 소수만이 시청했고 그래서 그들만이 논평할 수 있는 텔레비전 오락 프로그램에 대해 모두가 대화를 나누게 되었던 것이다. 하지만 페르 에케베르그와 트리네 납스타와 유디트 베르그는 개의치 않았다. 그들은 마냥 신나서 방송 얘기를 이어갔고 나머지 사람들은 대화에 별 보탬이 되지 못한 채 그들의 말을 따라갈 수밖에 없었다. 바로 그 때문에 지금 안데르센 교수는 오슬로에서 러시아산 콩을 파는 유일한 상점이 어디인지 맞혀보라고 제안함으로써 대화의 방향을 틀고자 한 것이다. 피엘베르그, 하고 얀 브륀힐센이 즉시 대답한 뒤 대화는 결국 다시 〈귀다〉로 돌아갔다. 트리네 납스타는 그 오락 프로그램에 대해 할말이 더 있었고, 페르 에케베르그도 마찬가지였으며, 유디트 베르그는 딸이 텔레비전 사회자로서 성공한 데 감탄하는 말, 특히 지적으로 칭찬하는 말을 듣는 것보다 더 바라는 게 없었다. 이제는 베른트 할보르센이 집주인으로서 대화의 방향을 조심스럽게 틀어도 무리는 아닐 텐데, 그는 그렇게 하지 않았다. 그는 불행히도 방송을 보지 못한 사람의 입장에서 역시 방송을 보지 않은 사람을 위한 질문을 던짐으로써, 방송을 보지 않은 나머지 사람들에게 이에 대한 대화가 계속

되어야 하며 가능한 수단을 총동원하여 거기 참여하든 말든 각자의 결정에 맡긴다는 암시를 주었다. 베른트는 유디트를 배려하는 의미로 그런 선택을 했을 게 분명했다. 어쨌거나 유디트에게는 더할 나위 없이 즐거운 밤이었고, 집주인으로서 베른트는 화제를 바꾸자는 신호를 보냄으로써 그녀의 기분을 상하게 해 좋은 시간을 망칠 생각이 없었다. 베른트는 그걸 눈치 없는 짓이라 판단했을 거라고 안데르센 교수는 생각했다. 아마도 베른트는 그날 무대에 서는 바람에 방송을 보지 못한 얀 브륀힐센에게 트리네 납스타가 한 질문—"그런데 나중에 비디오로도 못 본 거예요?"—에 유디트가 한 대답을 듣고 그런 결정을 내렸을 것이었다. 그때 유디트는 "딸의 일에 관심을 두는 데도 정도가 있어야 하기 때문에" 비디오로 녹화하지 않았다고 말했다. 안데르센 교수는 그 대답이 마음에 들었고, 베른트 할보르센도 필시 그러했을 터였다. 대단한 겸양과 품위를 드러내는 대답이었다. 비록 다른 사람이 관찰할 수 있는 영역의 문제는 아니긴 하지만. 그녀의 남편 얀 브륀힐센을 제외한다면 말이다. 그녀가 자랑스러워한다는 것은 분명했고 오늘밤 그녀의 얼굴에서는 빛이 났지만, 딸의 성공에 대해 시시콜콜 늘어놓고 싶은 충동을 잘 억제하고 있었다. 유디트 베르그에게 쏟아진 찬사나 축하의 말들, 그리고 다음주 금요일의 프로그램 진행 방식에 대한 페르 에케베르그와 트리네 납스타의 진심 어린 질문 등을 통해 안데르센 교수와 방송을 보지 않은 다른 세 명은 그것이 잉리 귀다가 지금까지 성공적으로 진행해온 것과 비슷한 프로그램이라는 인상을 받았고, 그래서 방송을 보지 않은 사람들도 간간이 질문으로나 논평으로나 감탄의 말로 대화에 참여할 수 있었다. 〈귀다〉는 스물세 살 사회자의 개성이 주축이 되는 프로그램으로, 노르웨이의 정치, 경제, 문화 및 연예 분야의 유명인들이 게스트로 출연하여 그녀에게 굽실거리면서 매회 기묘하게 연출된 이야기의 단역을 연기하는 형식이었다. 사회자는 출연자들을 구슬려, 가령 성직자라면 오슬로 성당의 신도석을 따라, 의사라면 병원 복도를 따라 반짝이 의상을 입고 그녀 뒤에서 춤을 추며 행진하게 했다. 그녀는 사회의 주축인 인물들이 각자의 역할에서 이탈해 그 역할을 모독하도록 유혹했다. 그녀는 내각의 각료들을 꾀어 웃음거리가 될 만한 의상을 입고 민망한 포즈를 취하게 했다. 그들 스스로가 그런 식의 연출을 허락한 것이 아니었다면 모두들 출연자들이 얼마나 창피해할까 하고 동정할 만한 모습이어서, 방송을 보지 않은 안데르센 교수는 "그러면 그 사람들 체면은 뭐가 되는 거야!" 하고 외쳤고, 베른트 할보르센은 듣는 말마다 "아니, 그게 어떻게 가능하지?" 하고 받아쳤다. 그러면 페르 에케베르그와 트리네 납스타와 유디트 베르그는 웃음을 터뜨리며 그런 상황을 즐겼는데, 그들은 방송을 봤기 때문에 그런 일이 가능하다고, 정말로 모든 게 가능하다고 확언할 수 있었다. 그리고 베른트 할보르센이 "아니, 그게 어떻게 가능하지?"라고 말한 것은 단지 예의를 차리고 호응을 보이기 위해서였을 뿐, 보지 않은 텔레비전 프로그램이 정말로 대단히 궁금하고 놀라워서 그런 것은 결코 아니었으며, 그는 아마 다음 금요일에도 방송을 볼 생각이 없었을 것이다. 그런데도 페르 에케베르그는 유독 안데르센 교수가 지른 탄성에 날카롭게 쏘아부쳤다. "그건 체면과는 아무 상관이 없어. 그냥 생활양식의 표현일 뿐이지."

그즈음 일행은 앞서 말한 러시아산 콩과 함께 맛있고 풍미가 좋은 소스를 곁들인 뇌조 요리를 다 먹었다. 그리고 식사가 그쯤 진행되었을 때 파티의 여주인 니나가 모인 사람들에게, 이제 보니 뇌조와 함께 리오하 와인을 내놓은 건 실수가 아니었나 하는 의문이 든다고 속내를 털어놓았다. 사실 완전히 잘못된 조합은 아니지만, 그래도 버건디 와인이 더 잘 어울리지 않았을까 싶네요. 아니, 또 어찌 보면, 좋은 버건디 와인은 워낙 비싸니까 그런 걸 내놓으면 좀 호사스러워 보이긴 할 거야, 그렇죠, 그리고 값싼 와인 중에 좋은 게 있는지…… 아, 어쨌든 우린 지금 리오하를 마시고 있고 이제 와서 후회해봐야 아무 소용도 없죠. 건배. 그녀가 웃으며 제안했고 다른 사람들도 함께 건배를 하며 리오하가 굉장히 훌륭하다며 뇌조 요리에 평범한 버건디를 마시는 것보다는 훨씬 낫다고 그녀를 안심시켰다. 얀 브륀힐센이 와인 독점 판매소*의 예전 로고가 국왕 올라브 5세Olav V의 문장과 상당히 비슷하다는 이유로(Vinmonopolet의 V와 올라브 국왕의 V) 다른 것으로 바꿔야 했던 사정에 대해 재미있는 얘기를 해주었다. 그러자 페르 에케베르그도 나서서, 대중적이고 저렴한 식당용 레드 와인의 상표가 파리의 센 강 위에 놓인 다리들의 그림이었다가 소냐 왕비**가 즉위한 직후에 다른 것으로 바뀐 이유에 대해 역시나 재미있는 얘기를 들려주었다. 베른트는 자기 가족들이 올해 크리스마스이브를 어떻게 보냈는지 열심히 설명했고, 그 옆에서 니나는 그의 말을 가끔은 거들고 가끔은 정정해가며 함께 이야기했다. 돼지갈비 요리와 루테피스크를 차린 식탁에 어른, 아이 포함해 열두 명이 앉아 있을 때 정전이 되었는데

---

* Vinmonopolet. 노르웨이 정부 소유의 주류 소매상으로 알코올 함량이 4.75퍼센트를 초과하는 주류는 이곳에서만 판매한다.

** 현재 노르웨이의 국왕 하랄 5세의 부인.

모인 식구들 중에는 귀가 잘 안 들리는 베른트의 부모와 눈이 반쯤 먼 니나의 부모도 있었다며, 베른트는 전형적인 의사의 말투로, 반면에 니나는 조금 삼가는 말투로 설명을 이어갔다. 분위기가 느슨해지고 있어서 안데르센 교수는 손목시계를 살짝 내려다보았다. 디저트로는 클라우드베리 크림이 나왔다. 클라우드베리 역시 베른트와 니나가 소유한 산중 오두막이 있는 발드레스 지방에서 난 것이었다. 유난히 활기 넘치는 트리네 납스타의 새된 목소리가 안데르센 교수의 마음 깊은 곳에서 그치지 않고 이어지는 아우성과 조금은 무자비한 대조를 이루었다. 어쨌든 그가 느끼기로는 그랬다. 그는 정말이지 이 행사에 걸맞은 기분을, 다른 사람들과 비슷한 수준의 친밀감과 쾌활함을 느끼고 싶었지만 아무리 노력해도 잘 되지 않았다. 디저트를 먹고 난 뒤에도 그들은 계속 둥근 식탁에 둘러앉아 와인을 마셨다. 안데르센 교수는 차라리 그들이 소파로 자리를 옮기기를 바랐다. 그러면 식탁 한 곳에 눈에 띄는 커다란 공백이 생길 거라는 걱정 없이 자리를 뜰 수 있을 테니까. 하지만 커피 역시 식탁에 차려졌다. 작은 코냑 한 병과 함께. 베른트는 이제 와인 대신 코냑을 마시고 싶은 사람이 있을 경우에 대비해 갖다놓은 코냑 병 옆에 와인 몇 병을 더 따서 놔두었다. 안데르센 교수는 손목시계를 쳐다보았다. 열한시가 넘었다. 벌써 이렇게 늦은 시간이 되었다는 사실에 그는 아연해졌다. 집에 가고 싶은 마음이 간절했기 때문이다. 즉시, 밤이 더 깊어지기 전에, 집에 가야만 했다. 그는 생각을 가다듬기 위해 화장실로 갔다. 사람들이 모인 곳으로 다시 돌아왔을 때 그는 니나와 베른트를 보고 이젠 돌아가야겠다고 말했다. 다른 손님들은 놀란 얼굴로 그를 쳐다보았지만 니나와 베른트는 그러지 않았다. 그는 하루종일 몸 상태가 약간 안 좋았다고, 독감에 걸린 건 아닌지 모르겠다고 말하며 베른트에게 택시를 불러달라고 부탁했다. 베른트가 일어나 전화를 걸러 갔다. 그는 얀 브륀힐센과 유디트 베르그에게, 페르 에케베르그와 트리네 납스타에게 고개를 끄덕여 작별인사를 하고 니나의 뒤를 따라 홀로 나갔다. 그는 외투를 입고 니나에게 너무 일찍 가게 되어 미안하다고 말했고, 밖으로 나온 베른트가 택시가 오고 있다고 말하자 또 한 번 사과를 했다. "어쩌면 독감이 아닌지도 몰라." 그가 말했다. "그냥 머릿속에 생각이 많아서 지친 건가봐. 요즘 문학에 대한 생각, 시간이 문학을 허물어버린다는 생각을 많이 했어. 새로운 생각 같지만, 그래도 어쨌든 무거운 생각임은 틀림없지." 그들은 이해한다고, 걱정할 것 없다고, 무거운 생각에 짓눌리는 느낌이 들면 일찍 돌아가는 게 당연하다고 말했다. 아, 니나와 베른트를 바라보는 그의 마음은 말할 수 없이 슬펐다. 겨우 열한시를 넘겼을 뿐인데도 마음이 소란스러워 더 남아 있을 수가 없다는 사실이. 실로 그는 자신의 그런 행동 때문에 의기소침해졌다. 바깥쪽 문의 유리창을 통해 보니 택시가 막 도착해 진입로 앞에 정차하고 있었다. 안데르센 교수는 문을 열고 나가 대기중인 차를 향해 걸어갔다. 뒷좌석에 앉아 니나와 베른트에게 손을 흔드니 그들도 문간에 서서 손을 흔들어 답해주었다.

택시기사에게 주소를 알려주자 그는 크리스마스 조명으로 환히 밝혀진 오슬로의 눈 덮인 거리를 따라 차를 운전해 갔다. 눈은 그쳤지만 도로 상태는 아주 나빴다. 노면에 깊이 파인 타이어 자국을 따라가지 않고는 통행이 불가능한 도로를 따라 택시는 천천히 굴러갔다. 그러다 다른 차를 만나면 둘 중 한 대가 후진을 해야 했다. 하지만 제설차를 비롯해 여기저기 보이는 각종 제설 장비들이 사방으로 둥그런 노란 빛을 뿌리며 최대한 움직이고 있었다. 제설 장비들이 굉음을 냈다. 택시기사는 파키스탄 사람으로, 눈 때문에 차단된 거나 다름없지만 가로등이 비춰주는 도로를 따라 안전하고 신중하게 차를 몰았다. 복스타 대로 같은 주요 도로를 건널 때도 주위에는 사람이 거의 없었다. 안데르센 교수는 긴장감을 느끼며 뒷자리에 앉아 있었다. 마음처럼 집에 빨리 도착할 수는 없었지만, 마침내 택시는 실레베크에 있는 그의 아파트 앞에 멈춰 섰다. 그는 비용을 지불하고 차에서 내렸다. 그는 건물 입구의 정문을 재빨리 열고 계단을 올라가 아파트 안으로 들어간 뒤 현관에서 불을 켜고 코트를 걸었다. 그런 다음 거실로 가서는 불을 켜지 않은 채 창가로 걸어가 건너편 건물을 바라봤다. 커튼이 다시 열려 있었다. 불이 켜져 있었다. 드디어! 이제 그는 볼 수 있을 것이다. 안데르센 교수는 캄캄한 거실에서 커튼 뒤에 몸을 반쯤 숨긴 채 밖을 내다보았다. 방안을 가로질러 걸어가는 사람의 형체가 보였다. 안데르센 교수는 온 신경을 집중해 쳐다보고 있었지만, 워낙 순식간에 지나가버린 바람에 그 사람이 특별히 빠르게 걷지 않았는데도 자신이 무엇을 본 건지 파악할 수가 없었다. 남자라고 생각했으나 완전히 확신할 수는 없었다. 안데르센 교수는 기다렸다. 실루엣은 이미 사라졌다. 아마 보이지 않는 곳에 앉아 있을 터였다. 그래도 안데르센 교수는 기다렸다. 마침내 실루엣이 다시 나타났다. 형체는 불을 밝힌 방을 가로질러 창문 쪽으로 다가왔다. 얼굴 하나가 밖을 내다보았을 때 안데르센 교수는 살인자의 얼굴을 보았다. 아주 선명하게 본 것은 아니어서 나중에 거리에서 만난다면 알아볼 수 있을 정도는 아니었지만 젊은 남자라는 것만은 알 수 있었다.

그는 실망했던가? 창문을 지나친 형체가 여자이기를, 지금 그 금발의 젊은 여자가 창가에 서 있기를 바랐던가? 안데르센 교수는 알 수 없었다. 그가 그런 일을 바랐던 거라면, 바로 그 때문에 현실에서든 생각 속에서든 이 창가와 건너편 창문 풍경에서 벗어나지 못했던 거라면, 그것은 비현실적인 희망이자 사실상 기적을 바라는 기도였다. 혹은, 결정적인 순간에 안데르센 교수의 감각이, 그의 눈이 신뢰할 수 없는 것이기를, 그래서 그가 보았다고 생각한 것이 환상이나 환각이었기를 바라는 기도였던 걸까? 그가 정말로 그런 희망을 품었던가? 모든 것을 감안할 때, 그것은 자신의 이성에 문제가 있다는 의미가 된다 해도? 그게 아니라면 그가 보기를 바랐던 것이 바로 이것, 살인자의 얼굴이었던가? 안데르센 교수는 알 수가 없었다. 갑자기 울음이 나왔다. 눈물이 아니라 말로. "난 울고 있어." 그는 말했다. 그러고는 이 간단한 문장에 빠져들어 창가에 서 있는 동안 몇 번이고 되풀이했다. 건너편 창가의 젊은 남자는 이미 창문에서 멀어져 보이지 않는 곳으로 사라진 뒤였고, 그후로는 다시 창가에 나타나지 않았다.

박싱 데이 다음날은 휴일이 아니어서 상점과 사무실과 은행, 우체국이 모두 문을 열었다. 안데르센 교수는 한동안 집을 떠나 있기로 결심했다. 그는 자그맣게 짐을 꾸려 택시를 타고 포르네부 공항으로 가 트론하임으로 가는 첫 항공편의 탑승 수속을 마쳤다. 그리고 브리타니아 호텔에 전화를 걸어 방을 예약했다. 그런 다음 동료 교수에게 전화를 걸어 새해까지 트론하임에 있을 거라고 알린 뒤 다음날 만날 약속을 정했다. 그곳으로 가는 비행기 안에서는 구름이 잔뜩 끼어 아무것도 볼 수가 없었다. 그는 베르네스에서 공항버스를 타고 브리타니아 호텔에 가서 체크인했다. 비행기에서 그는 신문들을 하나하나 훑어봤다. 그렇지만 예상한 대로 그가 목격한 살인에 대한 기사는 찾을 수 없었다. 호텔에서도 그는 다시 신문들을 하나하나 훑었다. 아무것도 없었다. 예컨대 그가 목격한 장면과 연결해볼 수 있을 만한 여자의 실종 신고도 없었다. 그는 밖으로 나가 트론하임의 거리를 거닐었다. 그 남자의 이름은 헨리크 노르스트룀이었다. 트론하임에 오기로 결심하기 전에 알아냈다. 그는 도로를 건너가 건물 정문 앞에 서서 간밤에 살인자의 얼굴이 보였던 창문에 해당하는 명패와 초인종을 찾았다. 트론하임에 오면 늘 그렇듯 그는 12세기 말에 지어진 성당 안으로 들어갔다. 이곳에 세련된 문화가 존재했음을 증명하는 노르웨이 중세 유적은 이것뿐이었다. 그는 에릭센 커피숍에도 들어가 커피 한 잔과 케이크 한 조각을 먹었는데, 이 역시 그의 습관이었다. 거리를 거니는 동안 그는 갑자기 동료의 전처와 마주쳤다. 못 본 척하기엔 너무 늦어서 그는 그녀와 간단히 대화를 나눠야 했다. 그녀의 전남편을 다음날 만날 거라는 얘기는 하지 않았다. 브리타니아로 돌아오니 한 남자가 로비에 앉아 있다가 자리에서 일어나 그를 향해 다가왔다. 그의 동료였다. 오늘 특별한 일이 없어서 당장 만나고 싶었네, 하고 동료는 말했다. 그 말에 기분이 좋아진 안데르센 교수는 그에게 방으로 함께 올라가자고 했다.

그는 동료에게 안락의자에 앉으라고 한 다음 위스키 한 병을 가져왔다. 현명하게도 바로 전에 트론하임의 시엡만 거리에 있는 와인 독점 판매소에서 사둔 것이었다. 미니바에서 얼음 조각과 파리스 생수를 꺼내며, 그는 파리스는 노란색이 아니라 파란색을 고르도록 주의해야 한다고 얘기했다. 언젠가 그가 시엔에 있는 회위에르스 호텔에 묵을 때 아무 생각 없이 파리스를 넣었더니 위스키에서 레몬맛이 났던 것이다. "젠장맞을! 더 나쁜 건 뭔 줄 아나?" 안데르센 교수가 빈 잔 두 개와 파란색 파리스와 얼음 조각 한 컵을 탁자에 놓으며 말했다. "미니바에 노란색 파리스밖에 없는 거야. 무슨 호텔이 그 모양이야?" "손님들이 위스키를 방안에 앉아 마시지 않고 바에 내려가 사 마시기 때문이지." 그의 동료가 말했다. "물론 그렇지. 그래도 유쾌한 상황은 아니야." 두 사람은 각자의 잔에 위스키를 따르고 예상치 못한 만남을 기념하며 건배했다. 안데르센 교수는 마주앉은 동료가 크리스마스 기간에 무슨 일로 트론하임에 왔는지 궁금해 안달을 내는 것을 보고 바로 본론으로 들어가기로 했다. "생각해본 적 있나?" 그가 물었다. "우리가 간직한 역사에 대한 기억이 얼마나 짧은지? 자네는 조부모가 기억나나?" "당연히 기억나지." 그의 동료가 깜짝 놀라며 말했다. "아주 잘 기억하고 있어." "나도 그래." 안데르센 교수가 말했다. "비록 내가 태어났을 때는 할머니 할아버지 모두 돌아가시고 안 계셨지만. 그래도 그분들에 대해서 어찌나 많은 얘기를 들었는지 몰라. 바로 그 이유로, 역사적 측면에서 말하자면 나는 그분들을 안다고 할 수 있지. 하지만 증조부모는 어떤가?" 그의 동료는 묵묵히 앉아 그에 대해 생각하고 있었다. "그러게, 증조부모에 대해서는 잘 모르겠어." "증조부모는 자그마치 여덟 명이야." 안데르센 교수는 힘주어 말했다. "그리고 그중 가장 나이가 많은 분과 자네가 태어난 시기 사이는 아마도 겨우 백 년 남짓한 간격이 있을 뿐일 거야. 그런데 그들은 이미 자네의 의식 속에 존재하지도 않아. 사실 더 심한 건, 그들은 자네의 의식 속에 존재한 적도 없다는 거야." 그의 동료는 조금 놀란 듯했다. "그렇게까진 아니야." 잠시 생각해본 뒤 그가 말했다. "아는 게 조금은 있으니까. 증조부 한 명을 사진으로 본 적이 있어. 프레드릭스타에서 구두장이로 일하셨대." "그럼 그 사진은 지금 어디에 있나?" "아, 그건 모르지." "그런데 그 정도를 가지고 증조부에 대해 뭔가 안다고 말할 수 있다는 건가?" 그의 동료는 다시 조금 놀란 모습이었다. "자네 말이 맞네." 그가 말했다. "좀 이상하군. 그런데 전에는 그런 생각을 해본 적도 없어." "좀 이상한 정도가 아니야." 안데르센 교수가 말했다. "당황스럽지. 어쩌면 두렵기까지 하고. 여기 우리 두 사람이 있어. 크리스마스 즈음에 트론하임에 있는 호텔방에 앉아 있지. 그런데 우리 의식의 빛은 고작 두 세대 전까지도 비추지 못하는 거야. 그러고는 희미해지기 시작하지. 거기는 기억의 어스름이야. 어디에 있는지 아무도 모르는 사진 한 장밖에 없어. 그러고는 깜깜해지는 거야. 그런데 우리는 둘 다 문학을 가르치는 교수들이잖은가." "그렇지, 문학, 맞아. 우린 역사학자가 아니라고." 그의 동료가 방어적으로 말했다. "게다가 우리에겐 혈연을 넘어 그보다 훨씬 더 멀리 뻗은 다른 종류의 기억이 있어. 일과 관련된 것들을 기억하잖아. 우리 같은 경우는 그게 문학이고. 자네 루드비 도에에 대해 많은 이야기들을 알잖아, 안 그런가? 아니면 로렌츠 디트릭손의 기억을, 혹은 심지어 요나스 콜레트의 기억을 불러올 수도 있지." 그의 동료는 의기양양하게 말했다. "자네 말이 맞네. 하지만 자네의 증조부모 여덟 분은 어쨌든 자네에게 유전자를 남겨주었어. 겨우 육칠십 년 전에 그들은 젊은이였고 자기 자식에게 유전자를 남겨주었지. 그리고 그 사람이 낳은 자식이 바로 자네에게 유전자를 물려준 것이고. 그런데 자네는 그들에 대해 아무런 기억이 없다는 거야—그건 좀……"

"아, 그래, 이상해. 당황스럽지는 않지만. 두려운 것도 아니고." 동료가 그의 말을 끊고 말했다. "나는 두려워." 안데르센 교수는 굴하지 않고 말을 이어갔다. "그게 무슨 뜻일까? 그건 모든 인간의 공통점, 그러니까 살아 있는 생명체로서 인간의 어떤 특질인 걸까? 인간은 역사적 존재라는 인식이 너무 보편적으로 퍼져 있다보니 의문을 품을 여지가 없어서 구태여 깊이 생각해보지 않았던 인간적 특질 말이야. 아니면 그건 오늘날의 인간들, 그리고 우리 문화에 속하는 인간들의 특성일까? 아니면 우리 같은 보통 사람들에게만 해당되는 걸까? 모르겠어. 하지만 우리 시대와 관련이 있다는 것만은 확실해. 과거에 사라진 것들에 대해 별 관심을 쏟지 않게 만드는, 좌우간 우리가 겉으로 그런 척하는 것보다는 더 무관심하게 만드는 무언가가 분명히 있어. 그건 현대성과 어떤 관련이 있을 거야. 그리고 그건 꽤 오래전에 시작된 현상일 거야. 우리 부모들이 자기들 조부모에 대해 관심이 있어서 얘기를 해주었다면 우리가 증조부모에 대해 꽤 알고 있을 거 아닌가. 하지만 우리 부모들은 그러지 않았잖아. 단순히 잊어버려서 그랬던 건 아닐 거야. 난 그렇게 생각하지 않아. 그렇다면, 우리의 현실적인 부모들은, 플라스틱에 열광하고 라디오 일기예보를 열성적으로 듣는 이 고루한 사람들은, 근본주의적인 현대성의 전수자들이었던 게 분명해. 아무도 깨닫지 못한 사이에 그걸 우리에게 전달해온 거지. 최근에야 이걸 깨닫기 시작했어. 내 각성된 의식이 채 두 세대도 거슬러올라가지 못하고 그 앞은 완전히 깜깜하다는 사실 말이야." "그런데 내 말도 좀 들어보게." 그의 동료가 열의를 보이며 말했다. "자네가 하는 말과 관련해서 보자면 우리 나라처럼 역사에, 특히 풀뿌리 민중 수준의 역사에 큰 관심을 기울이는 나라는 많지 않단 말이지. 생각해봐. 소도시나 조그만 시골 마을을 막론하고 저마다 지역의 역사책을, 대개는 세 권짜리로 구비해놓고 있지. 그리고 매 세대가 그것들을 처음부터 다시, 역시나 세 권짜리로 다시 쓰고 싶어하잖은가. 그러니 그런 소리는 하지 말게. 또 이 나라 사람들이 족보학에 얼마나 관심이 많은가. 또 매년 여름이면 얼마나 많은 친척 모임이 열리느냐고.” “아, 그래, 맞아. 하지만 그래도 우리에겐 적용이 안 되는 얘기지. 우리는 결국 문학 교수 아닌가. 우리가 지닌 공통의 사회의식은 그런 괴짜 족보학자나 향토사학자의 영향을 받지 않아. 그들도 나름대로 가상하기는 하지만, 대학 도서관에서 우리 옆에 앉아 시대를 거슬러가며 자기들의 근원을 추적하는 그 괴짜들은 열정과 개인적 결심이 충분히 강하다면 이런 공통 의식에서 벗어나 자기만의 길을 갈 수 있다는 것을 보여준다는 점에서 우리에게 희망을 주기는 하지만, 그들은 공통 의식에 어떤 흔적도 남기지 못하는 괴짜에 불과하다네. 그들이 추구하는 목적에, 특히 그 뒤에 자리한 의도에 우리가 아무리 공감하는 태도를 보인다 해도 달라질 건 없어. 그들은 철저한 아웃사이더이고 앞으로도 계속 아웃사이더일 거야. 그들은 우리에게, 우리가 사고를 형성하는 바로 그 조직과 감수성에 영향을 미치지 못해. 정말이지 그런 생각을 하면 난 두렵네.” 안데르센 교수는 거듭 말했다. “정말로 두려워. 내게 아이가 없다는 사실보다 그게 더 두렵다네.” 그러더니 그는 입을 다물고 조용히 앉아 있었다. 그의 동료 역시 아무 말도 하지 않았다. 그는 무슨 말인가 하려는 듯 안데르센 교수를 쳐다보았다. 그는 꼭 해야 할 말, 혹은 하면 좋겠다 싶은 말을 꺼낼 생각이었지만 그 말을 정말로 해야 할지 확신이 서지 않는 사람처럼 허리를 곧추세웠다. 하지만 그는 마침내 아무 말도 하지 않기로 하고 계속 자리에 앉아 조금은 어리둥절한 얼굴로 안데르센 교수를 쳐다보았다.

한동안 잠잠해졌다. 두 남자는 브리타니아 호텔에 있는 안데르센 교수의 방에서 위스키를 마셨다. 사실은 아주 많이 마셨다. 술병이 거의 반쯤 비었다. 아직 세시도 안 된 시간이었다. 창밖은 이미 어두워지기 시작했다. 안데르센 교수의 동료는 그보다 몇 살 아래로, 쉰 살이 되진 않았지만 그에 가까운 나이였다. 그는 막 새로운 삶을 시작한 참이었다. 어쨌든 젊은 여자와, 그것도 자기 학생 중 하나와 재혼했다는 점에서는 그랬다. 안데르센 교수는 그 사실에 대해 알았지만 아직 언급은 하지 않았고 그의 동료 또한 아직 얘기할 기회를 찾지 못했다. 만나자마자 안데르센 교수가 곧바로 머릿속 생각을 풀어내기 시작했기 때문인데, 그가 갑자기 트론하임에 가야겠다는 생각이 들었을 때 포르네부에서 동료에게 전화를 건 이유도 결국 그런 얘기를 나누고 싶어서였다. 그는 자기 잔에 위스키를 한 잔 더 따른 뒤 술병을 상대에게 넘기며, 술에 너무 취하기 전에 자신이 숙고하던 문제에 대해 더 얘기해야 한다고 생각했다. 술에 너무 취하면 대화를 진전시키지 못하고 했던 말을 그대로 정확히 반복하는 습관이 있다는 것을 스스로도 알고 있었기 때문이다.

"요즘 나 자신을 전과 다른 각도에서 보게 되었어." 안데르센 교수가 말을 이었다. "전에 나는 내가 가진 자원을 온전히 활용할 수 있는 사람이라고 생각했지. 정말 솔직히 얘기하면, 그런 능력을 자랑스러워하기도 했어. 그런데 지금은 내 시야가 얼마나 한정적인지 확실히 알겠어. 전에 그걸 몰랐다는 게 놀라울 정도야. 생각해봐. 나는 나 자신이 깨우친 사람, 의식 있는 사람, 심지어 역사를 이해하는 사람이라고 말하고 다녔는데, 사실 나는 세 세대 전 조상에 대해서도 아무런 지식이 없어. 더 심각한 건 그걸 문제라고 생각하지도 않았던 거야. 완전히 수치스러운 일이야!" 그가 그렇게 소리치며 주먹을 탁자 위에 내리치는 바람에 파란색 파리스가(두번째 병이었다) 넘어지고 그의 잔에 담긴 위스키가 밖으로 튀었다. "이것이 우리 시대 인간 정신의 실태라네." 그는 손수건으로 탁자 위를 닦은 뒤 이어 말했다. "우리는 둘 다 그런 시대의 걸출하고 탁월한 대표자들이지. 이 문제에는 우리가 제대로 직시하지 못했던, 어떤 원시적인 면이 있어. 나는 겁이 나." 그는 말했다. "그리고 나의 무지가 두렵기까지 해. 난 이제 쉰다섯이야. 새로운 학문에 뛰어들 열의가 없다고." 그는 조용해졌다. "하지만 그렇다면," 그의 동료가 말했다. "자네가

하는 말은 예술과 문학의 필요성을 옹호하는 대단히 막강한 논거 아닌가.” “아, 그렇게 자신하진 말게.” 안데르센 교수는 험악한 미소를 지으며 말했다. 스스로 자신의 모습을 볼 수 있었다면 사악하다고 묘사했을 만한 미소였다.

그는 상당한 취기를 느껴, 대화를 중단해야겠다고 생각했다. 그는 동료에게 어떻게 지내느냐고 물었고, 그의 동료는 즉시 자기 얘기를 시작했다. 위스키병의 내용물이 위험스러울 만큼 줄어 있었다. 안데르센 교수는 룸서비스에 전화를 걸어 파란색 파리스 두 병과 얼음 한 통을 요청했다. 부인할 수 없는 사실은 그가 (귀가 두 개나 달렸건만) 한쪽 귀의 반만 열고, 동료가 자기 신상에 대해 늘어놓는 말을 거의 흘려듣고 있었다는 점이다. 그의 동료로 말할 것 같으면, 안데르센 교수가 크리스마스 기간에 트론하임에 온 이유가 무엇인지 궁금증을 떨쳐내지 못하는 것 같았다. 특별한 이유는 없으며 다음 며칠간 딱히 무엇을 하려는 계획도 없다는 그의 말을 들은 동료가 즉시 자기 집에서 함께 지내자고 했으나, 안데르센 교수는 단호하게 거절했다. 사실 그는 여행중에는 호텔에 머무는 것을 더 좋아했다. “그렇게 하게. 돈이 그리 많다면.” 그의 동료가 기분이 살짝 상한 투로 말했다. “나에게 주는 선물이라네.” 안데르센 교수가 말했다. 그러면서 그는 자신이 스스로에게 주는 선물로서 여행중에 호텔에서 잔다고 말할 수 있다는 사실을 자랑스러워한다는 것을 깨달았다. 동료는 자리에서 일어나 전화를 걸었다. 안데르센 교수는 그가 집에 있는 젊은 아내와 통화중이라는 것을 알았다. 집에 저녁식사 손님을 데려가겠다고 하는 동료의 말을 들었기 때문이다. 그는 또한 수화기 저편에서 불평으로 해석할 수 있는 소리가 새어 나오는 것도 들었다. 그러자 그의 동료는 "괜찮을 거야" 하고 말하더니 수화기를 내려놓고 환한 얼굴로 안데르센 교수를 저녁식사에 초대했다. 잠시 후 위스키병은 텅 비었고 두 남자는 심하게 즐거운 기분으로 브리타니아 호텔을 나섰다.

밖으로 나오자 그의 동료가 도로변에 세워둔 차를 가리키며 말했다. "저게 내 차야. 오후에 술을 마시게 될 거라고는 생각 못했거든." 그들은 거리를 따라 걸었다. 안데르센 교수는 어디로 가는 길이냐고 물었다. "우리집이지." 동료가 말했다. "걸어가기엔 너무 머니까 버스를 타야 돼." "택시는 안 되는 거야?" 안데르센 교수가 물었다. "택시?" 그의 동료가 되물었다. "그래, 맞아. 택시를 타도 되겠군. 그 생각은 못했네." 그래서 그들은 택시를 불렀고 잠시 후 차는 트론하임 중심부 위쪽 산비탈에 자리한 그의 집 앞에서 멈췄다.

안데르센 교수는 택시비를 치르고 차에서 내려 집안으로 들어갔다. 거기에는 동료의 젊은 아내가 어린 아기를 안고 서 있었다. 그녀는 남의 시선에 개의치 않고 태연하게 아기에게 젖을 먹였다. 그녀는 저녁식사 거리가 어육 완자밖에 없다고 말했다. 안데르센 교수는 어육 완자가 기대된다고, 그리고 트론하임은 어육 완자를 제대로 만드는 곳이니 더욱 맛있을 것 같다고 말했다. 젊은 아내이자 아이 엄마는 자기가 말한 것은 전국 슈퍼마켓 어디에서나 살 수 있는 완제품 어육 완자라고 대답했고, 안데르센 교수는 그래도 맛있을 것 같다고 말했다. 그는 아이 이름을 묻고 나서 오슬로 대학에서 있었던 일화를 하나 들려주었는데, 동료뿐만 아니라 그의 젊은 아내까지도 굉장히 재미있어했다. "음, 자네도 보았겠지만 난 또 자식을 얻었다네." 젊은 아내가 저녁을 준비하러 부엌으로 간 사이 동료가 안데르센 교수에게 말했다. "아내는 아직 학교에 다니고 있고." 그가 덧붙였다. 저녁식사는 훌륭했다. 정말이지 안데르센 교수는 그렇게 가정집 부엌에 앉아 완제품 어육 완자에 삶은 감자와 다진 당근을 먹는 것이 좋았다. 브라운소스도 함께. 그리고 양파 튀김도. 유일하게 약간 못마땅한 점은 반주로 맥주 반병을 나눠 마셔야 했다는 것뿐인데, 아직 취기가 도는 상태에서 그것은 그에게 좀 적은 양이었다. 하지만 식사를 마치고 커피를 마실 때 그의 동료가 술병을 하나 꺼냈다. "이건 위스키도 프랑스의 코냑도 아니야." 그가 말했다. "하지만 그보다 훨씬 좋은 것이지. 트뢴델라그에서 인기 있는 술 카르스크라네." 그는 그것을 커피에 부었고, 그들은 커피를 저어 마셨다. "아기를 위해 건배." 안데르센 교수가 그렇게 말하자 동료와 그의 아내 모두 상냥하게 고개를 끄덕이며 행복한 미소를 지었고, 건배에 답하며 그에게 고맙다고 말했다. 사실 젊은 엄마는 커피에 카르스크를 넣지도 않았지만 그래도 건배를 하고 그에게 고맙다고 말한 것이다. 동료는 안데르센 교수가 크리스마스에서 새해 전야로 이어지는 주를 트론하임에서 보내기로 한 것은 정말로 잘한 결정이라고 했고, 그의 젊은 아내 역시 맞장구를 쳤다. 즉시 그들은 안데르센 교수를 한 해의 마지막날을 기념하는 파티에 초대했다. 그 집에서 열리는 파티가 아니라 부부의 친구들과 함께하는 행사였다. 안데르센 교수는 당연히 불편할 거라며 괜찮다고 말했지만 그의 동료는 자리에서 일어나 그들이 찾아갈 친구들에게 전화를 걸어 손님 한 명을 데려가고 싶다고, 오슬로 대학의 안데르센 교수라고 말했다. 그러고 나서 전화기를 내려놓은 후 그는 폴 안데르센이 함께 간다면 기쁘겠다고 말했다. 그는 내일 안데르센과 함께 스키를 타러 가고 싶어했다.

하지만 안데르센 교수는 스키 장비를 가져오지 않았다. "그건 우리가 해결할 수 있지." 그렇게 말한 동료는 지하실로 내려가 오래된 스키 한 벌을 가지고 올라왔다. 안데르센 교수는 스키와 스키 폴과 부츠와 바인딩 등을 모두 착용해봐야 했고 그의 동료는 모든 게 잘 맞을 때까지 포기하지 않았다. 그는 아노락*과 니커보커** 바지까지 빌렸다. 그의 동료가 안 입는 옷들이었고 최신 패션이라고는 할 수 없었다. 하지만 그가 트론하임에 온 것이 스키장에서 멋진 모습을 뽐내기 위해서는 아니지 않은가, 하하하. 동료의 젊은 아내는 반짇고리를 가지고 앉아 아노락과 니커보커의 크기를 재고 흘러내리거나 펄럭거릴 것 같은 부분은 바느질로 고정했다. 안데르센 교수보다 동료의 몸집이 상당히 더 컸기 때문이다. 아직 꽤 이른 시간이었지만 안데르센 교수는 좋은 기분으로 동료와 그의 아내에게 인사를 하고 그 집을 나섰다. 호텔에 돌아와서는 술을 찾느라 미니바를 뒤졌지만 이내 북유럽의 호텔에서는 미니바에 와인과 맥주 외에 다른 술을 두지 않는다는 사실을 떠올렸다. 그는 룸서비스에 전화해 더블 위스키 앤드 소다

---

* 모자가 달린 방한용 외투.

** 무릎 아래에서 여미는 평퍼짐한 반바지.

를 주문했다. 잠들 수 있게 도와줄 무언가가 필요했다. 그리고 입안에 남은 카르스크 냄새도 없애야 했다. 가능한 한 조금만 마시려고 노력했는데도 입안에 여전히 악취가 감돌았다.

다음날 아침 안데르센 교수와 트론하임의 동료는 스키를 타러 갔다. 동료는 뷔마르카라는 곳으로 차를 몰았다. 인기 있는 스키장이었다. 그들은 자동차 지붕의 거치대에서 스키와 폴을 내리고 차 옆에 서서 왁스를 바르기 시작했다. 정말로 심란하게 쌀쌀한 날씨였다. 잔뜩 흐린데다 꽤 춥기도 했고 눈과 비가 섞여 내렸다. 그의 동료는 스키 왁스 선택에 심혈을 기울였다. 그는 지니고 있던 온도계를 눈 속에 꽂아 온도를 재더니, 안데르센 교수에게 밑칠로 그린 왁스를 바른 다음 그 위에 블루 왁스를 덧칠하자고 제안했고 안데르센 교수도 동의했다. 동시에 그는 동료에게 자신도 여느 노르웨이 사람들처럼 발에 스키를 달고 태어난 건 맞지만 너무 오래전의 일이므로 수월한 길로 쉬엄쉬엄 다니자고 제안했고, 동료도 그에 반대하지 않았다. 그들은 폴을 살살 밀면서 트론하임의 뷔마르카를 누비기 시작했다. 내리막이 시작되자 그의 동료는 대담하고 자신 있게 내려갔지만 안데르센 교수는 꼭대기에서 잠시 멈춰 주변을 살핀 후 아래로 내려갔다. 오르막에서도 동료는 민첩함을 과시하며 가벼운 스키를 위로 밀며 돌진했고 안데르센 교수는 이번에도 살살 움직이며 그 나름의 속도로 올라갔다. 하지만 평평한 구간에서는 두 사람이 나란히 스키를 탔다. 한참 뒤 스키 타는 사람들이 이용하는 산장에 도착한 그들은 안으로 들어가 뜨거운 블랙커런트 음료를 한 잔씩 마셨다. 안데르센 교수는 그 기회를 이용해 어제 그랬던 것처럼 그의 마음에 걸리는 생각을 쏟아냈다. 그는 미래에 대해서 불안을 느꼈다. 문학 교수로서 자신의 미래에 대해. 문학은, 우리가 생각하는 문학은 살아남지 못할 것이다. 문학은 그저 형식으로서만 생존할 테고, 그것만으로는 충분치 않다. 모든 열의는 현재성을 기반으로 하는 법인데, 우리 시대에 대중의 열의를 끌어내고 그들의 마음을 휘젓는 능력에 관한 한 그 무엇도 상업주의를 당해낼 수 없으며 그것이 현시대의 정신이다. 그는 안타깝게도 그들이 완전히 패배했다고 느꼈다. 그들은 그 사실을 직시해야 했다. 다른 무엇보다 본인들의 마음의 평화를 위해서라도. 안데르센 교수는 그들에게 주어진 시늉뿐인 문화에 대한 대중의 열의에 공감할 수 없었다. 사람들이 어떻게 그런 것들에 열의를 느낄 수 있는지 이해할 수 없지만, 실상을 보면, 적어도 그 문제와 관련해서는, 그가 잘못 판단했음이 분명했다. 그런 문화의 질에 대한 논평을, 역시 그것에 대해 알 만한 그의 동료에게만

큼은, 하고 싶지 않았다. 그는 지금 이 시대가 한심하다는 자신의 생각을 더이상 감추고 싶지 않았다. 이 시대를 사는 것이 전혀 즐겁지 않았지만, 그렇다고 대안을 제시할 수 있는 것도 아니었다. "우리가 시대를 초월한 지식인은 아니니까. 우리는 상업화된 시대의 지식인이어서, 대중의 마음을 휘젓는 것들에 크게 영향을 받으니까. 그런 것들이 대중의 마음을 휘젓는다는 것은 우리의 무능에서 비롯된 결과지. 전적으로 그래. 그리스 비극의 공연이나 책이 자네 마음을 강력하게 휘저은 경험을 마지막으로 했던 때가 언제인가? 그러니까 정말로 존재의 저 밑바닥까지 흔들리는 경험 말이야. 맞아, 하고 고개를 끄덕거리며 조용히 즐기는 거 말고. 물론 그런 걸 과소평가해서도 안 되겠지. 우리 둘에게는 조용하게 즐기는 것도 의미가 있으니까. 하지만 감동 말이야. 우리들 세대의 소설을 읽을 때 느낄 수 있는 그런 감동. 나는 그 부분과 관련해 뭔가를 알아차린 것 같다네. 우리가 과거와 맺는 관계는 깊은 무관심이 특징이야. 말로는 관심이 있다고 해도, 그리고 과거가 가장 중요한 문제라고 말하면서 그게 진심이라고 느낀다 해도 달라질 건 없어. 가장 중요한 문제인 건 분명해, 하지만 우리가 그렇게 과거와 결속되어 있다고 느끼는 건 의무감 때문이야. 우리의 신체는 정신적 불멸을 이루고자 하지만,

우리의 의식은 그것을 성취할 능력이 부족한 것 같네. 문학 교수로서 확실히 말할 수 있어. 그래서 이렇게 말하고 있는 거야, 자네에게, 나의 동료에게. 내게 이젠 역사의식이 없다고 생각하면 온 신경이 공포에 차 소리를 지르는 것 같네. 그건 우리가 가면 우리의 시대 또한 함께 사라진다는 것을 의미하기 때문이야. 그래서 입센의 연극이 국립극장 무대에 오르면 내 신경은 안정이 돼. 지난 세기의 연극이 이 나라 최고의 건물에서 상연되며 광범위한 주목을 받고 가끔씩 극장을 꽉 채우기도 한다면, 다음 세대들도 우리를 그런 식으로 봐줄지도 모르잖은가. 하지만 요즘 우리가 무대에 올리는 것은 입센의 연극이 아니라 입센의 명성이야. 엄밀한 의미로서의 작품에는 다소 무관심하지. 그래, 쓰인지 백 년 남짓밖에 안 되었는데 우리는 벌써 무관심하다고. 우리가 보는 공연은 무대 연출가의 작품이야. 스타인 빙에나 셰틸 방한센의 작품인 거지. 빙에의 작품과 입센의 명성. 제아무리 대단한 명성이라도 백 년을 살아남지 못한다는 생각을 하면 속이 울렁거린다네. 우리는 불멸의 작품을 원하지만 그런 게 존재하기나 해? 우리에게? 입센의 최고 작품들은 쓰인 지 백 년 남짓밖에 안 되었는데 벌써 우리는 그걸 불멸의 작품이라고 하지. 하지만 불멸의 작품이 맞을까? 그 작품들과 우리 삶의 연관성을 찾아

보여주는 일이 이미 얼마나 어려워졌는지 알 수 있잖은가. 우리가 그 작품들을 보며 소위 위대함이라는 것을 느끼기 위해서는 작품을 현대적으로, 현재의 삶과 연결시켜 각색해 무대에 올려야만 해. 하지만 그런다고 해도 보통은 성공하지 못하지. 그러면 읽는 희곡으로서는 어떻지? 가끔 나는, 예컨대 『유령』을 통독하며 연구하고 나면 이런 생각이 들어. 음, 이게 전부일까? 그 밖에 다른 건 없는 걸까? 1880년대의 가장 눈부신 업적이, 19세기 유럽에서 가장 뛰어난 지적 업적이 겨우 이거라고? 물론 훌륭한 작품이긴 하지만 진정 이 작품이 우리가 거둘 수 있는 가장 뛰어난 업적일까? 아마도 정말 그렇긴 할 거야. 하지만 내 의문은 여전히 남아. 이게 전부일까? 그 밖에 다른 건 없는 걸까? 사실 나는 『유령』을 몇 년 동안이나 연구했고, 그게 완벽한 작품이라는 걸 알아. 맞아, 나는 그 작품의 완벽함에 감명받았고 앞으로도 그럴 거야. 하지만 그래도 나는 자문하겠지. 이게 전부일까? 이게 끝일까? 그 작품은 내 마음을 휘젓지 않아. 날 흔들어놓지 않는다고. 그것이 최초로 상연되었을 때 당대의 관객들이 느꼈을 감정을 느끼지 못하는 거야. 예전에는 사실을 그대로 드러내는 이야기였을 그 작품이 내게는 원래 의미 그대로 살아남아 다가오지 못한 거지. 그렇다면 나는 사회를 위한 내 의무, 이 희곡을 다음 세대에 전달할 의무를 어떻게 이행할 수 있을까? 회의가 들어. 이 시대에 나라는 사람의 기능이란 도대체 무엇일까 하는 회의가 너무 엄청나서 더이상 견딜 수가 없다네. 모든 것을 파괴하는 시간의 횡포가 나를 갉아먹고 있어. 시간의 횡포는 가장 뛰어난 지적 업적까지도 갉아먹지. 파괴하고 시시하게 만들고 퇴색시킨다네." "하지만 시간이 만들어내는 그윽한 고색古色을 받아들일 수 있어야지." 그의 동료가 갑자기 말했다.

동료는 안데르센 교수가 쏟아내는 말을 조용히 들으며 앉아 있었다. 그것이 마음에서 우러난 말임을 알기에 방해하지 않으려는 의도였을 것이다. 하지만 더이상은 잠자코 있을 수가 없었기에, 두 신사 사이에는 이제 시간의 그윽한 고색에 대한 토론이 벌어졌다. 그들은 예술이 일으키는 격변 대對 그것이 주는 고요한 즐거움에 대해, 그리고 문학 교수로서 그들의 과제는 마음을 휘젓는 감동보다는 고요한 즐거움을 학생들에게 전달하는 것이 아닌가 하는 문제에 대해 의견을 나눴다. 그의 동료는 마음을 휘젓는 감동보다는 고요한 향유의 감각을 전달하는 것이 그들의 과제라고 강력히 주장했다. 안데르센 교수가 좀전에 적절히 지적했듯이, 마음을 휘젓는 감동은 어쨌거나 아주 오래전에, 개개의 예술작품이 생겨난 역사적 순간에 이미 사라져버렸다고도 말했다. 우리가 인식하고 향유해야 할 핵심적인 대상은 한 세기를 넘어 지속된 예술작품에 생겨난 품위 있는 고색이라는 것이었다. "그 또한 역사에 대한 자각이겠지. 그 외에는 우리의 힘이 미치지 않아. 그리고 그것만으로도 충분해." 그의 동료가 주장했다. "우리보다 더 오래 지속되는 무언가를 갖고 싶은 우리 마음속 깊은 욕망에 대해서는 그것만으로도 충분한 대답이 될 듯하네." 동료는 말했다. 단테의 『신곡』을 읽으면 심지어 지옥을 묘사하는 부분에서도 아무런 감정의 동요를 느끼지 않지만, 그렇다고 아쉬운 마음이 들지는 않는다. 하지만 13세기에 피렌체에서 쓰인 그 작품을 진정으로 고요하게 즐기며 읽을 수는 있다. 이는 20세기 말을 살아가는 노르웨이 사람으로서 실제로 이해할 수 있는 작품이기 때문이기도 하며, 결국 안데르센 교수나 자신이나 살면서 여태 견뎌온 조건들로 인해 애써 공부를 하면 그 작품에 공감할 수 있고, 그렇다, 심지어 이해할 수도 있다. 신선함이 사라졌다는 것은 아쉽지 않으며, 고색이 주는 고귀한 무게로 보상이 되고도 남는다. 그에 대한 대답으로 안데르센 교수는 그의 동료가 자신이 말하고자 하는 것이 무엇인지, 그것이 얼마나 자신을 괴롭히는지 완전히 이해하지 못하는 것 같다고 주장했다. 안데르센 교수는 고귀한 세월의 멋을 폄하하는 것이 결코 아니며, 고전 작품을 연구하고 통찰할 때 현대적 의미에서 대단한 감동을 느끼지 못한다는 사실이 어떤 결과를 초래할지 지적하고 싶을 뿐이다. 곧 들이닥칠 거라고 생각하는 결과, 금기를 깨뜨리거나 만지작거림으로써 생기는 그 무시무시한 결과를. 그런 일을 하는 사람의 조용한 절망을. 정말이지 이런 식으로 자신을 표현하는 걸 허락해달라. 그런 생각이 조금은 모호하기 때문에 동료에게는 충분히 설득력 있게 들리지 않겠지만, 모호하다고 고민이 덜한 것은 아니다. 동료가 이야기하는 고요한 향유라는 것이 역사에 대한, 그리고 우리가 역사와 맺고 있는 관계의 실체에 대한 당혹감의 표현은 아닌지 따져봐야 한다. 그 조용한 즐거움에는 체념이라는 요소가 섞여 있다는 사실을 지적하지 않을 수 없다. 비록 자신은 그런 감정을 전적으로 이해하고 존중하며 실로 공유한다고까지 말할 수 있지만, 그래도 그렇게 따져보노라면 혼자서는 더이상 달랠 수 없는 불안이 잦아드는 것 같다. 인간의 의식은 자신들의 시대가 지나고도 살아남을 수 있는 예술 작품을 창조해낼 수 없는 것 같다는 의심. 시간을 거스르려는 의식의 헛된 전투. "세월이 만들어내는 고색은 이런 끔찍한 상황을 가리는 데 필요하지. 나는 그게 두려워." 안데르센 교수가 말했다. "우리는 얻을 수 없는 것을 열망하는데, 능력이 부족하다는 사실은 직시하지 못하는 거야. 안 되지, 그러면 우리의 의식이 압도당할 테니까. 인간의 위엄까지도 함께. 그런데, 시간의 횡포에서 살아남는 위대한 지적 성취를 통한 불멸성을 믿는 세계에서도, 무의미라는 게 그 자체로 위대하다고 생각하는 사람도 있을 거야. 시간의 횡포가 위력을 발휘하지 못하는 무의미. 아, 그 얼마나 놀라운 생각인가. 그것이 표현하는 개념이란 얼마나 유쾌한가. 분명, 이것을 우리 개인의 삶과, 그리고 우리가 삶의 경험에 대해 갖는 희망적인 기대와 비교해볼 수 있을 것 같군. 우리는 누구나 세월이 흐를수록 좀더 현명한 사람이 되기를 바랄 거야. 하지만 우리가 정말로 현명해지나? 내 경우는 절대로 그렇지 않아. 나는 지금 스물다섯 살 때보다 더 현명해지지 않았다고. 그냥 더 늙었을 뿐이지. 내가 한 경험들은 나 말고는 누구에게도 별 가치가 없어. 내 경험들은 다른 사람들이나 젊은 세대에게 전달해줄 만한 가치가 전혀 없고, 나 혼자서 감당해야 할 짐일 뿐이야. 내 경험들은 내가 계속 '젊게', '마음만은 젊은이처럼' 행동하지 않도록 나이를 유념하게 하는 장애물의 역할로서만 의미가 있어. 그런 행동은, 이렇게 말해도 될지 모르겠네만, 참 추하지 않은가." "이제 자네 말을 조금 이해할 수 있을 것 같군." 그의 동료가 끼어들었다. "그리고 모든 게 정말이지 암울하

구만. 자네는 의구심을 품을 만한 모든 일에 의구심을 품게. 나는 사는 형편이 달라서 자네의 견해에 끌려들어갈 만한 처지가 아닌 것 같네. 그건 아니야, 폴. 이 친구야, 어두워지기 전에 차 있는 곳까지 내려가려면 어서 움직여야 할 것 같군."

그들은 자리에서 일어섰다. 그들은 붐비는 산장에서 몇 시간 동안이나 앉아 있었다. 밖은 벌써 어두워지기 시작했다. 이곳 북구에서 12월의 해는 굉장히 짧았다. 처음에 그들은 여섯 명이 앉을 수 있는 커다란 테이블에 자리잡았다가 산장 안이 비기 시작하자 2인용 테이블로 옮겼다. 장광설과 토론이 이어지는 동안 안데르센 교수는 두 번 자리에서 일어나 줄을 서서 커피를 샀고, 그중 한 번은 덴마크식 페이스트리 두 개를 커피와 함께 자리로 가져왔다. 스키를 타던 사람들이 산장 안으로 계속 들어오면서 조금은 눅눅하고 꽉 찬 실내에 신선한 눈과 바람이 훅 끼쳐들어왔다. 부츠가 쿵쿵거리는 소리가 들렸고, 스키 왁스 냄새와 함께 모자와 장갑과 목도리 냄새도 났다. 하지만 안데르센 교수와 그의 동료가 일어서서 나갈 즈음에 산장 안은 한산해지기 시작했다.

그들은 스키를 장착하고 폴을 잡았다. 은회색의 어둑한 전나무들 사이로 난 길을 따라 내리막을 미끄러져내려간 동료가 아래에 멈춰 서서는, 아직도 꼭대기에서 뜸을 들이고 있는 안데르센 교수를 기다렸다. 그는 가능한 한 길고 넓게 방향을 바꿔가며 내려갈 수 있는 경로를 그려본 다음, 내리막을 출발하여 미리 생각해둔 길을 따라 내려갔다. 아래로 기우뚱거리기는 해도 넘어지지는 않았고, 좀 서투르기는 해도 스키에 대해 어느 정도 타고난 실력이 전혀 없지는 않았다. 여전히 내리막 아래에서 기다리고 있던 동료와 합류한 후, 널찍하고 경사가 완만한 구역을 동료가 앞장서고 그가 뒤를 따르며 내려갔다. 동료는 할 수 있는 한 가장 느린 속도로 내려가고 있었으나 안데르센 교수는 숨이 약간 가빴다. 점점 더 어두워지고 나서야 저멀리 주차장의 조명이 언뜻 보였다. 그러자 그의 동료가 마지막 구간은 속도를 좀 내고 싶다고 말한 뒤 민첩하게 나아갔고 안데르센 교수는 아까와 같은 속도로, 어쩌면 조금 더 느리게 계속 내려갔다. 그가 차에 도착했을 때 동료는 스키를 이미 차 지붕의 거치대에 묶어놓고 서서 스트레칭을 하고 있었다. 이제 집에 가서 저녁을 먹으면 딱 좋겠다고 하는 동료의 말투가 안데르센 교수도 함께 갈 거라고 예상하는 것처럼 들렸다. 그래서 그는 지나가는 말처럼 오늘 저녁은 호텔에서 혼자 먹어야겠다고 말했다. 동료는 한사코 반대했다. "메테가 하루종일 음식을 준비했어!" 그가 외쳤다. "자네

한테 트뢴델라그의 진짜 소드*를 대접할 생각에 얼마나 기대에 부풀어 있는데. 그걸 거절하면 안 되지!" 안데르센 교수는 그도 그렇겠다고 생각해 동료의 차 조수석에 앉아 그의 집으로 함께 저녁을 먹으러 갔다.

동료의 젊은 아내 메테는 거실에 앉아 아기에게 젖을 먹이고 있다가 두 사람을 보고 상냥하게 미소 지었다. 잠시 후 그녀는 아기를 침실로 데려가 재웠다. 그들은 식탁에 앉았다. 그의 동료가 맥주 한 병을 따서 안데르센 교수와 자신의 잔에 따랐다. "오랫동안 즐겁게 스키를 타다가 집에 돌아와 뜨겁고 맛있는 소드를 먹는 것만큼 좋은 일이 또 있을까?" 그는 만족스럽게 한숨을 내쉬며 외쳤다. 안데르센 교수도 동의했다. 메테는 웃음 띤 얼굴로, 어제는 완제품 어육 완자를 내놓았으니 오늘은 꼭 제대로 된 것을 만들어야겠다는 생각이 들었다고 했다. 성당의 도시 트론하임의 이름에 먹칠을 할 수는 없었다고도 말했다. 식사가 끝나고 다 함께 커피를 마셨는데, 안데르센 교수는 이번에도 자기 찻잔에 카르스크 한 방울을 넣을 수밖에 없었다. 분위기는 아늑했고 안데르센 교수는 무언가 보답을 해야겠다는 생각이 들었다.

* 양고기, 고기 완자, 감자, 당근 등을 넣어 끓인 노르웨이의 전통 음식.

그래서 그는 다음날 저녁식사에 그들 부부를 초대했다. 브리탄니아 호텔에 있는 고급 레스토랑 팔메하벤으로. 메테가 외식 초대를 받아 기뻐한다는 것을 알 수 있었다. 제안을 받자마자 애봐줄 사람 구하는 문제를 남편과 상의했기 때문이다. 안데르센 교수는 두 사람과 함께 이런저런 얘기를 나누다가 초저녁 무렵 자리에서 일어나 이제 호텔로 돌아가야겠다고 말했다. 그는 동료에게 택시를 불러달라고 부탁했다. 호텔에 돌아온 그는 룸서비스에 연락해 더블 위스키 앤드 소다를 주문했고, 얼마 후 도심을 산책했다. 손님들이 꽤 있는 레스토랑에서 잠깐 맥주를 한 잔 마시고 다시 호텔로 돌아온 그는 바에 잠시 들른 후 일찍 잠자리에 들었다.

다음날 그는 사위가 온통 깜깜한 이른 새벽에 잠에서 깼다. '헨리크 노르스트룀.' 그 이름. 꼭 그 사람이 아닐 수도 있다. 창문에 비친 그 남자가 반드시 헨리크 노르스트룀이리라는 법은 없다. 헨리크 노르스트룀은 그가 목격한 살인이 벌어진 아파트 초인종에 붙어 있던 이름일 뿐이다. 다른 사람에게 장기로든 단기로든 세를 놓았을 수도 있다. 단기일 가능성이 크겠지만—그 위에 다른 사람의 이름을 덧붙이지 않고 헨리크 노르스트룀의 이름을 그대로 둔 걸 보면. 혹은 헨리크 노르스트룀이나 있을지도 모르는 그의 세입자가 그 집을 크리스마스 동안 친구에게 빌려준 것일 수도 있다. 아니면 더욱 안 좋은 경우, 그 세입자가 여자일 수도 있다. 크리스마스 전날 밤 자정 직전 창가에 서 있는 모습으로 안데르센 교수의 눈에 띄었던 그 여자. 안데르센 교수는 뱃속이 싸늘해지는 느낌이 들었다. 그는 곧바로 일어나 불을 켜고 시계를 보았다. 여섯시 반. 즉시 오슬로로 돌아가야 한다. 그를 놓쳐서는 안 된다. 벌써 사라져버렸다면 어떡한다? 그는 프런트에 전화해 청구서를 준비해달라고 요청했다. 떠날 채비를 마쳤다. 그는 얼이 빠진 상태였다. 그렇게 그곳을 떠나온 것이 돌이킬 수 없는 실수였는지도 모른다는 느낌이 들었다. 프런트로 간 그는 접수대 뒤에 앉은 남자에게 공항에 전화해 빈 좌석이 있는 가장 빠른 비행기를 예약해달라고 부탁했다. 예약이 완료되고 얼마 후 안데르센 교수는 베르네스 공항으로 가는 택시 뒷좌석에 앉아 있었다.

베르네스에서 그는 동료에게 어렵사리 전화를 걸어 사과했다. 오슬로에서 자신을 급히 찾는 연락을 받고 아쉽게도 즉시 돌아가게 되었다고. 떠나왔던 곳으로 다시, 그렇게 속으로 덧붙이며. 그는 비행기 안에서 신문들을 하나하나 읽어보았다. 아무것도 없었다. 창문 밖에도 아무것도 없었다. 진한 안개뿐. 잿빛. 흰빛.

창문 밖과 아래를 내려다보노라니 눈이 시렸다. 기류 변화 때문에 비행기가 요동을 쳤다. 노르웨이의 거친 날씨. 양심의 가책을 떨칠 수가 없었다. 동료와 그의 아내에게. 어쨌든 자신이 오늘밤 팔메하벤에서 저녁식사를 하자고 청한 거니까. 부부는 오늘밤을 기대하고 있었다. 그리고 그들이, 특히 젊은 아내 메테가 그토록 표나게 기대하는 모습을 보며, 그 역시 기대를 했다. 그때, 어제 저녁에 세 사람 자리를 예약한 팔메하벤에 취소 전화를 하지 않았다는 사실이 기억났다. 하지만 그것은 오슬로에 도착한 후 처리해도 될 문제였다. 그는 동료에게 미안한 마음이 들었다. 돈에 쪼들릴 게 틀림없었다. 두번째 가정을 꾸린다는 것은 문학을 가르치는 대학교수에게도 부담되는 일이었다. 특히나 이전 삶의 소유물을 전부 반으로 나눠야 했다면 더더욱. 그가 아는 바대로라면 동료의 전처는 단 한 푼도 적게 가져가지는 않았을 것이다. 따라서 오슬로에서 온 후한 동료(안데르센 교수)와 함께하는 저녁식사가 그들에게는 진정 기대할 만한 일이었을 것이다. 그들은 아기 봐줄 사람까지 구했을 텐데, 안데르센 교수는 나 몰라라 줄행랑을 치고 말았다. 그건 옳지 않았다. 정말 옳지 않았다.

포르네부 공항에서 실레베크까지 가는 택시에서 그는 마음을 진정시키려고 했지만 뜻대로 되지 않았다. 극도로 긴장되었다.

그는 아파트 건물의 정문을 서둘러 열고 재빨리 계단을 올라가 자기 집 현관문을 열었다. 그러고는 곧바로 창가로 갔다. 커튼은 다시 젖혀져 있었지만 안에 인기척은 없었다. 다시 말해, 기다림을 각오해야 한다는 뜻이었다. 기다림은 길었다. 그는 설거지를 하거나 세탁기에 빨래를 넣거나 그가 높이 평가하는 토마스 만의 작품 『요제프와 그 형제들』을 조금 읽는 등 일상적인 일을 하려고 노력했고 부분적으로 해내긴 했지만, 기다림은 유달리 길게 느껴졌다. 하지만 그런 늘어지는 기다림과 견디기 힘든 긴장, 그리고 그날 새벽 트론하임에서 막 일어나 얼빠진 상태로 품었던 의혹이 현실로 밝혀질 수도 있다는 공포에 가까운 두려움은, 오후 무렵에 아직 불이 켜지지 않은 건너편 방에서 창가를 지나치는 그림자를 본 순간 엄청난 안도감으로 바뀌었다. 그때 불이 켜졌다. 그는 안에 있는 게 누구인지 확실히 알지 못하는데도 안도감을 느꼈다. 박싱 데이 저녁에 그곳에 서 있던 젊은 남자일 거라고 생각하긴 했지만 남자가 창문에 나타날 때까지는 확신할 수 없었다. 얼마 지나지 않아 창가에 나타난 남자는 확실히 그때 그 사람이었다. 그는 아직 거기 있었고, 안데르센 교수는 안도의 한숨을 내쉴 수 있었다. 하지만 바로 그 순간, 그는 불안에 사로잡혔다. 반사적인 의식이 갑자기 표면으로 떠올라 불안이 그의 몸을 따라 흘렀다. 정말 무슨 일이 벌어지려는 건가, 의문이 들어서였다. 그가 느끼고 있는 안도감이 실상은 무서운 것이었기 때문이다. 사실 정반대가 되어야 했다. 그는 그 남자가, 살인자가 거기에 있다는 이유로 안도감을 느끼고 있었던 것이다. 그날 아침 트론하임에서 떠오른 의혹이 사실이었다면 어땠을까? 그 남자가 어디론가 사라져 다시는 나타나지 않았다면, 그가 크리스마스 동안 아파트를 빌렸다가 지금은 떠난 거라면, 그리고 그렇게 간단히 안데르센 교수의 삶에서 사라진 거라면, 그야말로 진정으로 안심할 수 있었을 텐데! 하지만 실상은 그와 정반대라는 점이 안데르센 교수에게 극도의 근심을 안겨주었다. 그는 자신이 걱정스러웠다. 자신이 기억하는 그 어느 때보다 더 걱정스러웠다. 너무 걱정스러운 나머지 몸이 덜덜 떨리고 땀이 배어나오고 있다는 것을 문득 깨달았는데, 그것은 순전히 불안감 때문이었다. '난 끝장이다.' 그는 생각했다. '일이 이렇게 되어버렸어. 이런 식으로 계속해나갈 순 없어.' 하지만 멈출 수도 없었다. 그는 기민하게 자신을 탐색하며, 투명한 막 저편을 들여다보듯 자신을 관찰했다. 그는 막을 뚫고 자신에게 가닿을 수 없었다. 그는 정말로 끝장난 사람이었다. 투명한 막 뒤에서. 그가 트론하임에서 돌아온 것은 크리스마스가 지나고 나흘 후였는데, 그후로 새해 첫날까지 그의 관찰력과 집중력은 도로 건너편의 창문과 그 안에 있는 사람의 형체에 집중되었다. 안데르센 교수는 그가 시야에서 사라질까봐 두려웠다. 그 남자가 크리스마스에 아파트를 빌렸다가 아무도 모르는 사이에, 일테면 조그만 슈트케이스를 들고, 일테면 1월 2일에, 십중팔구 이른 아침에, 그렇게 떠나버릴지도 모른다는 가정이 실현될 수도 있었기 때문이다. 그런 식으로 그는 자신이 당국에 신고하지 못한 이 살인자에게 매여 있었다.

안데르센 교수는 그해의 마지막 며칠을 홀로 집안에서 보냈으며, 밖으로 나간 것은 잠깐 신문과 우편물을 가져오거나 음식과 술을 사러 다녀올 때뿐이었다. 그는 반대편 창문을 계속 감시했다. 건물 정문을 통해 밖으로 나올 때나 보도를 따라 걷다 모퉁이를 돌아 드람멘 대로로 빠져나갈 때도 계속 주시했다. 다행히도 슈트케이스나 다른 여행 가방은 보이지 않았다. 그런 일이 몇 번 반복되었다. 그는 몇 시간 동안 나가 있기도 했지만 항상 감시하러 돌아왔다. 안데르센 교수는 자기 거실에 불을 켜지 않았고, 해가 떠 있는 몇 시간 동안에는 거실에서 돌아다닐 때 극도로 주의했다. 그럼에도 길 건너 창문에 불이 켜진 후 남자를 관찰하는 곳은 늘 거실 창가였다. 그는 대부분의 시간을 불을 켠 서재에서 보냈지만 자주 어두운 거실로 나와 커튼 뒤에 서서 반대편 건물에 있는 아파트의 창문을 건너다보았다. 하루 중 햇빛이 비치는 시간에는 매우 조심하면서 의심을 사지 않으려고 미동도 없이 지켜보았지만, 어두워진 뒤에는 그렇게까지 조심하지는 않았다. 그런 식으로 그는 자신의 널찍한 아파트 안을 돌아다녔다. 어두운 거실에서 역시나 어두운 식당을 통해 밝은 서재로 가서 잠시 책상에 앉아 책을 읽는 척하다가, 자리에서 일어나 아파트 안의 여러 방들을 거쳐 다시 그 자리로 돌아와 생각에 잠겨 자신의 내면을 탐색했다. 그러는 동안 그는 자신이 무슨 짓을 하고 있는지 잘 알았지만 그럼에도 이 일의 불가해성에 마음이 동요되었다.

'이렇게 걱정스러운 건 신고를 하지 않아서가 아니야. 아니다, 결국 그것 때문인가?' 그는 자문했다. '설령 이걸 설명할 수 있다쳐. 그런데 베른트와는 왜 상의할 수 없었던 거지?' 그는 생각했다. '베른트나 다른 사람을 왜 끌어들일 수 없었을까? 그것이 이유야. 그게 바로 숨은 이유라고. 이렇게도 이상하고 비참한 상황이라니. 내가 기꺼이 인정할 수 있는 것보다 훨씬 불길해. 나는 누구지? 이곳에서 앉거나 서거나 걸어다니며 뭘 어떡해야 할지 모른 채로, 사람 자체와도, 그의 악행과도 절대로 엮이고 싶지 않은 남자가 시야에서 사라지지 않았다는 사실을 확인하고 있는 나는 도대체 누굴까? 그가 사라지면 나는 다시 자유다. 하지만 나는 다시 자유로워지기를 원하는 것 같지도 않아—이건 확실히 뭔가를 의미해. 그런데 그 의미는 뭐지?' 안데르센 교수는 따져보았다.

'내가 전적으로 내 의지로 이러는 게 아닌 척해서는 안 돼.' 그는 생각했다. '설령 이럴 수밖에 없다는 느낌이 든다 해도. 감히 생각할 엄두도 안 나는 그 악행, 저 아파트에서 커튼이 쳐진 후 일어난 그 일에 나는 스스로 얽매인 거야. 시체는 어디 있는 걸까? 여자의 피와 다른 모든 끔찍한 흔적은? 젊어 보였던 금발 여자. 저 못된 악마는 지금껏 저 안에서 뭘 했을까? 자신이 한 일을 감당하기 위해. 시체 옆에서 홀로. 피(분명 그가 다 닦았겠지. 다른 끔찍한 흔적들과 함께). 시체는 어디 있는 걸까? 이제는 어디론가 치워졌겠지. 커튼도 다시 젖혀졌고 그 젊은 남자는 저녁에 밖에 나가 볼일도 보고 있으니까. 그것이 어떤 결과를 가져오든 간에.'

'요즘엔 인생이 너무 길어.' 그는 생각했다. '지금 이 시대에는 말이야. 모든 것을 고려한다면, 한 사람의 삶을 대략 오십오 년 정도만 할당한다면 좋은 점이 많을 듯해. 그래서 크게 고장나거나 상하지 않고 인생의 여러 단계를 살아내는 거지. 아동기, 청소년기, 청년기, 장년기 그리고 짤막한 마지막 단계. 그거면 충분할 거야. 그뒤로는 모든 게 고역이거든. 사람이 쉰다섯 정도가 되면 성숙 과정이 어지간히 진행되어 삶이 급속한 마감을 향해 가고 있다는 것을 깨달아야 해. 그러면 다들 자신의 처지를 유념하겠지. 그게 자연스러운 삶의 주기인데 문명이 진보하면서 그걸 무슨 세균이라도 되는 것처럼 싹 지워버린 거지. 그래서 우리 육체와 정신이 모두 터무니없이 허황되고 유치해진 거야.' 안데르센 교수는 생각했다. '우리는 정말 너무 오래 살아. 어린이로서도, 청소년으로서도, 그리고 청년과 중년으로서도. 그런데 그 시기 이후에도 우리의 고난은 채 시작도 안 한 거나 마찬가지지. 천천히 마감을 향해 가는 이 드라마는 다분히 정적인데다 그 끝은 느리고 끔찍해. 허황되게 살아왔을수록 더 오래 지속되기 마련이야. 이 끝없는 피날레. 20세기 현대성의 진짜 얼굴. 다시 말해, 내 인생.' 안데르센 교수는 생각을 이어갔다.

'내가 기회를 잡았던가?' 그는 갑자기 자문했다. '내가 그랬던가? 신고하지 않기로 결심했을 때? 신고하지 않은 것은 정말 끔찍한 일이었어. 내가 깨닫지 못한 게 바로 그거였어. 무모해서 제대로 보지 못한 거야. 그게 바로 나였어. 지금도 그렇고.' 생각이 계속 흘러갔다. '사회는 사람들에게 엄청난 영향력을 발휘한다. 난 바로 그걸 이해하지 못했던 거야, 늘 그렇게 설교하면서도—일테면 내 학생들한테 말이야. 나는 왜 이런 식으로 사회에 등을 돌려버린 걸까? 내가 보려고 하는 것은 무엇일까? 내 안에서, 혹은 그 남자, 내게 살인을 들킨 그 남자에게서 나는 무엇을 보려는 걸까?'

'내 행동을 변호할 수 없어.' 그는 생각했다. '문제의 핵심은 그거야. 자랑스럽게 생각하는 게 아냐. 전혀 아니지. 하지만 다른 식으로 행동할 수는 없었어. 그 사람이 살인자라고 해도, 그를 밀고한다는 건 생각만 해도 역겨워. 그 사실은 반드시 고려해야 돼. 난 그런 감정을 이해하고, 지지해. 하지만 베른트나 다른 사람들에겐 왜 말하지 못했을까? 그와 관련해 내가 두려워한 건 뭐지? 그게 이해가 안 돼. 베른트가 내 태도에 반대하고 날 비난할까봐 두려웠던 걸까? 그건 아닌 것 같아. 뭐라고 반대할지 나도 알고 모두 동의하니까. 누군가가 살인을 목격하고도 사회에 알리지 않을 수도 있다는 생각은 그 어떤 문명사회도 받아들이고 변호할 수 없을 거야. 그것은 분명 원초적인 범죄지. 살인을 저지른 자가 자기 아들이라도 신고할 의무가 있고 보통은 그렇게 해. 그리고 신고하지 않는다면 지금 나보다 훨씬 더 심한 고뇌를 겪겠지. 그 모든 것을 알고 반대할 근거도 없지만, 그래도 난 그 사람을 신고할 수 없어. 그때도, 지금도 마찬가지야. 내가 무한한 동정심 때문에 괴로워하고 있나? 다시 말해, 모든 한계를 초월한 연민일까? 내가 그 살인자와 함께 고통받고 있고 앞으로도 계속 그러기를 원하는 걸까? 하지만 피해자는 어떡하고? 그녀는 죽었어! 원초적 범죄의 피해자지만, 그래도 이미 죽은 사람이야. 살인자는 살아 있고 앞으로도 계속 살아야 해. 나와 함께. 모든 통제에서 벗어나 은밀하게. 살인자와 침묵하는 목격자. 침묵하는 목격자의 존재를 모르지만 그에게 감시와 관찰을 당하는 살인자. 우리는 언제 만날 것인가? 이건 도대체 뭔가? 난 왜 그 사람이 내 인생에서 사라져버리길 원치 않을까? 그가 내 인생에서 사라져버리는 걸 왜 두려워할까?'

마음이 불안해진 안데르센 교수는 집안을 이리저리 배회하며 한시도 마음을 놓을 수 없게 하는 생각들을 곱씹었다. 아무리 생각해봐도 그 의문들에 대한 답은 찾을 수 없었다. 그는 일상의 규칙이 조금이라도 어긋나면 마음이 조마조마하고 짜증이 났다. 가령 부엌 서랍에 넣어두었다고 생각한 치즈 조각이 없어졌다가 결국 냉장고 위에서 발견되는 일 따위. 그런 일이 있을 때마다 극심한 짜증이 일었지만, 혼자 사는 사람으로서 치즈가 없다고 다른 누구를 탓할 수는 없기에 그 감정은 오롯이 자신을 향한 것이었다. 새해 전야였다. 건너편 아파트 창문에 불이 켜졌다. 안데르센 교수는 자신의 아파트에서 혼자 새해 전야를 보내기 위해 음식과 술을 사다놓았다. 필레 스테이크. 말고기로. 고급 레드 와인. 이탈리아산 바롤로 한 병. 어쨌든 그는 좋은 음식을 즐기면서 동시에 건너편 건물의 아파트에 있는 남자를 주시할 생각이었다. 또한 시인 에드바르 호엠이 최근에 번역한 셰익스피어의 작품을 읽을 작정이었는데, 주된 목적은 그 번역, 혹은 각색 작품에 오류가 있는지 찾기 위한 것이었다. 그는 르네상스 시대를 산 신비한 존재들이 쓰던 영어가 20세기의 고집스러운 소수 언어인 노르웨이어로 번역될 때 생기기 마련인 오해를 공부함으로써 많은 것을 배운다고 생각했다. '흐음, 흐음.' 그는 갑작스레 기대감이 솟아오르며 기분이 좋아졌다. 하지만 그때 그 아파트의 불이 꺼졌다. 길 건너편에 있는 바로 그 아파트의. 그는 서재에 앉아 측면에 난 창문을 통해 그 모습을 보았다. 그는 재빨리 어두운 거실로 가서 커튼 뒤에 자리를 잡았다. 잠시 후 그는 남자가 파티에 가는 차림으로 정문을 나서는 모습을 보았다. 훌쭉한 검은 구두에 두꺼운 코트를 걸치고 흰 목도리를 목 주위로 무심히 늘어뜨린 모습이었다. 그가 대기하고 있던 택시 쪽으로 걸어가 타는 모습을 보았다. 그걸 보자 안데르센 교수는 약이 올랐다. 약간 부아가 치밀었다. 자신은 어두운 거실에 홀로 앉아 새해 전야를 보낼 수밖에 없는데 그는, 상대방은 즐거운 시간을 보내러 외출을 하다니. '하지만 그는 즐거운 시간을 보낼 수 없을 거야.' 안데르센 교수는 생각했다. '더이상 그럴 수 없게 되었잖아. 그에겐 불가능한 일이야. 불쌍한 사람 같으니. 저건 저 사람이 밀고 나가야 하는 게임일 뿐이야. 아무 일도 없었던 것처럼 삶이 계속되어야 하니까.'

사실 그는 저편 사람이, 아마도 헨리크 노르스트룀으로 불릴 그 사람이 외출을 해서 다행스러웠다. 이젠 조용한 새해 전야를 보낼 수 있다는 뜻이었다. 어쨌든 자정이 한참 지난 시간까지는 확실히 그러리라고 기대할 수 있었다. 사실, 자정이 넘은 뒤의 상상 속 시간에 대해 뭐하러 계획을 세운단 말인가? 그가 집에 오기를 기다리며 앉아 있을 필요는 전혀 없었다. 그가 오늘밤 영원히 사라질 리는 없어. 내일 혹은 모레는 몰라도, 오늘밤은 아니야. 떠날 사람의 차림새가 아니었으니까. 그리하여 새해 전야는 조용히 흘러갔다. 그는 열한시 반경에 식당에 상을 차려놓고 식사를 즐겼다. 그런 다음, 커피와 코냑과 에드바르 호엠의 셰익스피어 번역서를 들고 서재에 앉았다. 그는 자신이 가진 영문판 희곡, 이전에 같은 희곡을 릭스몰*로 번역한 작품 한 편, 그리고 호엠 이전에 나온 가장 최근의 뉘노르스크** 번역본 한 편을 꺼낸 뒤, 호엠의 번역, 혹은 각색을 다른 판본들과 비교했다. 정말이지 다행히도, 그는 이내 그 작업에 빠져들었다. 호엠의 번역에서 몇 가지 의문스러운 점을 발견하고 무슨 의도로 그렇게 번역했을까 오랫동안 깊이 생각해보았다. 사실 그는 시인의 번역이 꽤 인상 깊었지만, 그 부분에 대해서 시인 자신은 어떻게 설명할지, 그리고 그 설명이 어느 정도 타당할지 궁금했다. 안데르센 교수는 언젠가 호엠을 실제로 만나 셰익스피어 번역에 대해 토론을 해보면 좋겠다고 생각하며 흡족해했다. 그런 상황에 충분히 합당한 기분이었다. 열두시가 다가오자 그는 아늑한 안락의자에서 일어나 밖으로 나가 부두의 배들이 울리는 뱃고동 소리를 듣고 불꽃놀이를 구경하기로 마음먹었다.

곧이어 그는 드람멘 대로를 걸었다. 추운 밤이었다. 눈이 얼어붙어 도시의 가로등 아래 외따로 선 나무들에 매달려 있었다. 미끄러운 보도는 지저분한 흰색이었고 밤은 당연히 어두웠다. 추

---

* 노르웨이의 2대 공용어 중 하나로 덴마크어의 문어를 개량한 것이며 1929년에 '보크몰'이라는 명칭으로 바뀌었다. 노르웨이 인구의 대다수가 문어로 사용한다.

** '새 노르웨이어'라는 뜻. 보크몰과 함께 공식 문어로 쓰인다.

운 날씨였지만 옷을 따뜻하게 입어서 괜찮았다. 모자를 쓰지 않은 머리만 빼고. 정장용 모자는 없고 캡은 쓰고 싶지 않았기에 그냥 나왔더니 귀 끝이 차가워지는 느낌이 들었다. 그는 틴케른 공원 쪽으로 부지런히 걸어간 뒤 공원 주변의 길을 따라 바다와 실레베크 사이로 뻗은 고속도로를 가로지르는 육교에 올랐다. 육교 위에는 그와 마찬가지 볼일을 보러 나온 사람들이 빽빽하게 무리 지어 있었다. 그가 한복판에 자리를 잡자 곧이어 시청의 종이 열두 번 울렸고, 이어서 오슬로 부두에 정박중인 모든 배들에서 울려퍼지는 뱃고동 소리와 오슬로 도심에 있는 택시들이 내는 경적 소리가 들렸다. 하늘에서 터지는 불꽃이 강렬하고 황홀한 장관을 이루었다. 사람들이 서로에게 새해 인사를 건네고 샴페인 코르크가 튀어오르는 소리가 났다. 노르웨이의 수도를 가로지르는 고속도로 위 육교에서는 실레베크와 프롱네르, 아케르 브뤼게와 부둣가 등 도시 곳곳에서 쏘아올리는 불꽃이 아주 잘 보였다. 불꽃은 겨울밤의 어두운 하늘에서 번뜩이고 신음했다. 가없는 우주를 향해 쌩하고 올라간 폭죽은 바로 그 언저리까지만 도달했을 뿐이지만, 신음 소리를 내며 올라가는 빨갛고 노란 조그만 번갯불을 바라보고 있노라면 우주가 시작되는 언저리인 여기에서도 우주의 무한성을 충분히 느낄 수 있었다. 폭죽은 조화로운 대형을 이루어 터지고 퍼지면서, 음산하고 추운 밤하늘을 거듭되는 폭발음과 아름다운 색깔로 수놓는 진짜 불꽃놀이를 펼쳐 보였다. 보기에 즐거운 광경이라고, 특히 다른 사람들이 모두 그토록 즐거워하니 그렇다고, 안데르센 교수는 입가에 희미한 미소를 머금으며 생각했다. 그는 그곳의 흥겨운 사람들 사이에서 한참을 서 있다가 온 길을 되짚어 돌아갔다. 시간은 열두시 반이 되었다. 아파트로 올라간 그는 코냑 한 잔을 마시고—양과 질 모두 상당하군, 그는 생각했다—아늑한 안락의자에 앉아 잠시 고요히 생각에 잠겼다. 그는 코냑 한 잔을 더 마셨고—양과 질 모두 상당해, 그는 또 한번 생각했다—그뒤로 한 잔을 더 마셨다. 한시 반이 되었으나 안데르센 교수는 잠자리에 들고 싶지 않았다. 그래서 그는 한밤의 산책에 나서기로 했다.

그날 밤 두번째 외출이었다. 그는 이젠 폭죽을 쏘는 사람이 아무도 없는 실레베크 근처 거리를 걸어다녔다. 날씨가 추운데 신발이 너무 부실하다는 것을 깨달았다. 아무리 밑창이 두껍다고 해도 보통 신발 말고 부츠를 신었어야 했다. 놀랄 만큼 많은 아파트들이 여태 불을 밝히고 있었다. '오늘밤은 일 년 중 몇 번 안 되는 성대한 파티를 즐기는 시간이지.' 안데르센 교수는 생각했다. '샴페인이 효과를 내고 있으니 사람들은 집에 가기도, 잠자리에 들기도 싫을 거야. 유쾌하겠지.' 그는 드람멘 대로에 도착해 그 길을 따라 스카르프스노 쪽으로 걸어갔다. 이제 두시가 지났다. 택시가 끊임없이 그를 지나쳐갔고, 드람멘 대로는 거리 전체가 택시를 잡지 못해 집으로 걸어가는 사람들로 상당히 붐볐다. 그는 드람멘 대로를 따라 걸으며 여러 대사관들을 지나쳤다. 러시아 대사관, 프랑스 대사관, 웅장한 영국 대사관, 그리고 이집트, 이란, 이스라엘, 베네수엘라, 브라질 대사관. 이곳들에서도 오늘밤 폭죽을 쏘았을까? 궁금해하던 안데르센 교수는 그들도 폭죽을 쏘았기를 바랐다. 모든 것에 화해의 빛을 비추는 느낌이 드니까, 그렇지 않나? '세월이 흐를수록 그런 게 중요하다는 걸 절감하게 돼.' 그는 생각했다. 스카르프스노에 있는 공원에 도착하자 그는 즉시 되돌아서서 오던 길을 걸어갔다. 이번에도 빈 택시가 있나 보려고 옆으로 뒤로 흘깃거리며 귀갓길을 재촉하는 사람들을 스쳐지나갔다. 지나가는 택시는 많았지만 모두 손님을 태우고 있었다. 그는 자신이 사는 건물 밖에 도착한 후 잠시 그대로 서서, 바야흐로 새벽 두시 반이라는 사실을 음미했다. 춥긴 했지만 그런 늦은 시간에 밖에 있다는 사실이 좋았다. 그때, 바로 앞 도로에 택시 한 대가 정차하더니 그가 차에서 내렸다. 저편 사람. 방금 집으로 돌아온 살인자. 그가 바로 앞을 지나쳐갈 때 안데르센 교수는 처음으로 그를 가까이에서 볼 수 있었다. 단 몇 초에 불과한 순간이 지나고, 그는 도로를 부산히 건너가 자기가 사는 건물의 정문 밖 가로등 불빛에 의지해 자물쇠를 열었다. 안데르센 교수는 그가 열쇠를 들고 조금 더듬거리기는 했지만 발은 휘청거리지 않는다는 사실을 눈여겨보았다. '만취하지는 않았지만 말짱하지도 않군.' 안데르센 교수는 생각했다. 그는 인상이 나쁘지는 않았으나 그렇다고 아주 좋지도 않았다—다시 말해, 보자마자 호감이 가는 유형은 아니었다. '모든 게 참 이상하군.' 그는 그렇게 생각했지만 그뿐이었다. 어쩐지 조금 공허한 기분이었다. 하지만 그럼에도 그는 아파트로 걸어 올라가면서 자신의 다리가 떨리고 있다는 사실만은 알아차렸다.

새해 복 많이 받으시게, 안데르센 교수! 새로운 해의 1월 1일 아침에 일어나 빈의 신년음악회와 가르미슈파르텐키르헨에서 열리는 스키 점프 대회를 보는 건 정말로 즐거운 일이지. 모두 텔레비전으로 보는 거야. 곧 휴일이 끝나 학교에 출근해야 할 테고, 낮이 조금씩 길어지겠지. 그의 이름은 헨리크 노르스트룀이었다. 그는 이른 아침에 아파트를 나서진 않았다—이를테면 두 개의 커다란 슈트케이스를 들고. 1월 1일에도, 1월 2일에도, 1월 3일에도 나서지 않았다. 저 위쪽 창문에는 계속 불이 켜졌다. 그는 거기에 계속 사는 사람이었던 것이다. 그곳이 그의 집이었다. 헨리크 노르스트룀. 1월 3일에 안데르센 교수는 (다른 사람들은 몰라도 대학 교직원들에게는) 길었던 크리스마스 휴가를 보낸 뒤 블린데른에 있는 대학의 연구실로 다시 출근했다. 동료들에게 인사를 했고 가장 먼저 찾아온 석사 학위 과정 학생들을 만났다. 그는 1월 9일에 있을 첫 강의를 준비했다. 목격한 살인과 연관지어볼 만한 실종 여성에 대한 기사가 신문에 나지 않았음을 확인했다. 때때로 그는 헨리크 노르스트룀이 아파트를 나와 도심 방향 전차 정류소 앞에서 전차를 기다리고 있는 모습을 주시했다. 안데르센 교수는 길 건너 아파트를 힐끔거리는 버릇이 생겼지만, 이제는 커튼 뒤에 몸을 숨긴 채 창가에 서 있지는 않았고 거실의 조명은 이미 오래전부터 평소대로 켜거나 껐다. 하지만 그는 헨리크 노르스트룀이 정류장에서 전차를 기다리는 때는 아침뿐이라는 점을 놓치지 않았다. 다른 때는 중간 가격대의 차를 몰고 나가거나 택시를 탔다. 그는 그 차를 아파트 건물 밖에, 보통은 도로 저멀리 주차해두었는데, 아마도 주차 공간을 찾기 어렵기 때문일 거라고 안데르센 교수는 추측했다. 한 주, 한 주 지나며 안데르센 교수는 점점 더 놀랄 수밖에 없었다. 살인과 연관지을 만한 여성의 실종 기사가 여전히 나오지 않았기 때문이다. 죽은 여자를 찾는 사람은 아무도 없었다. 그 젊은 금발 여자의 부재를 아무도 눈치채지 못한 게 분명했다. 왜 모르는 걸까? 사람이 사라졌는데 아무 소동도 없고 알아차리는 사람도 없다는 게 가능한 일일까? 안데르센 교수 생각으로는 참 이상한 일 같았으므로 그는 여자가 헨리크 노르스트룀의 아내이거나 어떤 식으로든 관계 있는 사람이어서 그녀가 사라진 것을 그가 숨길 수 있는 거라고 결론내렸다. 그런 경우라면 법망이 그에게로 좁혀드는 건 시간문제일 것이다. 그리고 스스로도 분명 알고 있을 것이다. 가령 가족이나 친구가, 그리고 직장 동료가 있다면 그들까지도, 그녀가 요즘 안 보이는 이유를 물어오면 둘러댈 핑계와 설명거리는 머지않아 바닥나거나 너무 써먹어서 설득력이 떨어질 테고, 그리하여 그 여자의 부모나 형제자매에게 의심을 불러일으킬 테니까. 그가 잡히는 건 이제 시간문제에 불과했다. 안데르센 교수는 지금까지 내내 자신이 바로 그것을 가정하고 있었음을 깨달았다. 그것은 그가 확실한 귀결이라 여긴 가정이었고, 이 사건이 그의 마음에 일으킨 모든 감정, 그리고 이 일과 관련해 그가 자신이나 자신의 동기에 대해 가졌던 모든 의문 아래 자리하고 있는 가정이었다. 그는 곤경에 빠진 사람—자신의 악행으로부터 도망친, 그러나 자신이 곧 잡히리라는 것을 아는 사람을 대하고 있었다. 그러나 1월 말에서 2월 초로 넘어가도 헨리크 노르스트룀의 주변에는 강한 의혹을 품음으로써 살인자가 모종의 결과를 감당하도록 하는 사람이 나타나지 않았다.

애초에 안데르센 교수는 크리스마스 전날 밤 그가 창가에서 본 사람은 헨리크 노르스트룀의 아내가 아니라 그냥 아는 여자나 여자친구 등의 인물일 거라고 생각했다. 그것이 그의 즉흥적인 가정이었고, 그뒤로 어떤 여자도 실종 신고가 되지 않은 지금까지도 그는 그 가정을 한 번도 의심해본 적이 없었다. 그는 몇 주가 지나면 경찰이 그 여자의 인상착의를 내놓을 거라고, 제아무리 길어야 크리스마스이브로부터 십사 일 이내, 그러니까 1월 첫째 또는 둘째 주면 될 거라고, 그러면 자신은 실종자 추적 과정을 보도하는 기사를 찾아 읽으며 수사망이 실레베크에 있는 그의 아파트로 천천히 좁혀들어오는 것을 보게 될 거라고 생각했다. 안데르센 교수가 반대편의 널찍한 아파트에서 예의주시하고 있는 것과 똑같은 추적 과정을 역시 긴장된 마음으로 지켜보며 앉아 있을 헨리크 노르스트룀의 아파트로. 그런데 시체는 어디 있는 걸까? 사실 안데르센 교수는 언젠가 자신의 감시초소에서 경찰관 두 명이 길 건너 건물의 정문으로 들어가는 모습, 헨리크 노르스트룀의 집 초인종을 누르는 모습을 보게 될 거라고 상상했다. 불이 켜져 있다면 창문을 통해 세 사람 모두의 움직임을 볼 수 있을지도 몰랐다. 경찰 제복을 입은 두 사람과 불운한 헨리크 노르스트룀. 그런데 시체는 어디 있는 걸까? 머지않아 커지는 의심이 경찰관들을 헨리크 노르스트룀에게로 이끌겠지만 시체가 없다면 그들이 무얼 할 수 있겠는가? 아마도 할 수 있는 일이 거의 없을 것이다. 그때 일어난 일을 본 사람은 안데르센 교수가 유일한데 그는 입을 봉하고 있었다. 왜? '그런데 트론하임에서 그가 영원히 사라져버릴지도 모른다는 생각이 들었을 때 나는 왜 그렇게 정신을 못 차리며 브리타니아 호텔을 나왔을까?' 안데르센 교수는 자신에게 거듭 물었다.

하지만 시간이 지나면서, 창가에 서 있던 사람이 그냥 아는 여자나 여자친구가 아니며, 살해당한 사람은 그의 아내일 거라는 추측이 가장 개연성 높게 느껴졌다. 그로 인해 헨리크 노르스트룀에게 상황이 훨씬 더 어려워졌다. 일단 사라진 여자에 대한 의혹이 생기고 나면 잡히지 않을 수 있는 방법은 단 하나, 스스로 실종 신고를 하는 것뿐일 테니까. 다른 사람이 실종 신고를 한다면 헨리크 노르스트룀은 사실상 끝장일 것이다. 시체가 없다 하더라도. 일단 실종 신고가 접수되면 그녀가 정말로 실종되었다는 사실이 곧바로 밝혀질 것이고, 그러면 당연히 이어질 의문은,

헨리크 노르스트룀은 왜 실종 신고를 하지 않았는가 하는 것이고 그런 식으로 본다면 그가 끝장나는 건 이제 시간문제일 뿐이고, 안데르센 교수가 사건을 목격하고도 신고하지 않은 것은 중요하지 않은 일이 될 것이다. 그는 끝장났고, 안데르센 교수가 입을 열든 말든 상관없는 일이었다.

1월에서 2월로 넘어가는 동안 문제는 명쾌하게 느껴졌고, 그래서 근래에 그를 짓누르던 중압감이 조금 가벼워졌다. 이제 그는 오슬로 대학의 문학 교수로서 자신의 직무에 완전히 집중할 수 있게 되었다. 분명한 사실은, 안데르센 교수는 그의 천직을 둘러싼 환경 때문에 마음이 무겁다는 점이었다. 실제로 지금 그가 처한 환경은 수년간 그의 존재에, 심지어 그의 정신에까지 점점 짙어가는 어둠을 드리웠다. 모든 것을 따져볼 때, 안데르센 교수는 자신이 결국은 사라지고 말 어떤 것에 평생을 바쳐온 것 같다는 강한 의구심이 들었다. 문학 교수로서 그는 처음 그 길을 가기로 결정했을 당시에 문학이 지녔던 가치가 지금도 유효하다고는 말할 수 없었다. 어쨌거나 그가 직무 수행을 위해서만이 아니라 즐거움을 위해서도 전념했던 문학은 이제 유효하지 않았다. 그는 입센을 연구했다. 상당히 젊은 나이에 『왕위를 노리는 자들』로 열렬한 환호와 함께 박사 학위를 받았지만, 최근에는 입센이 1880년대와 1890년대에 쓴 희곡들, 다시 말해 '위대한 헨리크 입센'에만 몰두해 있었다. 만일 입센이 1880년에, 쉰둘을 일기로 죽었다면 오늘날 그는 무명의 극작가로 남았을 거라는 사실은 의심의 여지가 별로 없을 듯했다. 『페르 귄트』와 『브란』 같은 작품은 20세기에 와서는 노르웨이 외의 지역에서는 거의 공연되지 않았을 것이다. 『유령』 『들오리』 『로스메르 저택』 『헤다 가블레르』 『건축가 솔네스』 『욘 가브리엘 보르크만』 『우리 죽은 자들이 깨어날 때』와 같은 희곡들이 뒷받침해주지 않았다면, 『인형의 집』 또한 시대에 뒤떨어진 작품으로 간주되었을 것이다. 그랬다면 그가 『왕위를 노리는 자들』로 쓴 박사 학위 논문도 의아한 작업으로 여겨졌을 것이다. 또한 그 작품을 연구의 시작으로 삼지 말라고 경고하며, 비에른손의 역사극을 시발점으로 삼는 1860년경의 노르웨이 희곡을 연구하는 것이 역사적 관점으로나 문학적 관점으로나 훨씬 보람 있는 작업이라는 사실을 주된 이유로 드는 이들도 있었을 것이다. 그런 이유로 지난 십 년 동안 안데르센 교수는 '위대한 입센' 연구에만 몰두했다. 결국 그 작품들이 (상대적으로) 잊혀버린 작품 『왕위를 노리는 자들』로 쓴 논문도 박사 학위감이 되게 해주고 결과적으로 그에게 문학 교수 자리까지 선사해준 거라고, 안데르센 교수는 입가에 싸

늘한 미소를 띠며 생각했다.

그는 자신의 모든 상상력과 지력을 동원해 1880년대에서 1890년대 사이에 쓰인 헨리크 입센의 희곡을 풀이함으로써 그 위대함을 조명해보고자 했다. 그 일을 교수로서 자신의 과제라고 보았다. 그가 그런 방식으로 가르치려 했던 학생들이 알지 못했던 것은, 궁극적으로 그런 위대함이 정말로 존재하는지 그 자신조차 불안한 의혹을 품었다는 사실이다. 그는 작품 해석에서 극단적인 관점을 취해야 한다고 느꼈다. 극단적인 관점으로 입센의 위대함을 볼 수 없다면, 지난 세기에서 전해진 이 희곡들을 연구하는 데 전념하는 것이 온전히 역사적인 의의를 제외하고는 무슨 소용이 있는지 자문할 수밖에 없었기 때문이다. 물론 국가 차원에서는 역사적 의의를 종종 가치 있는 명분으로 여길 게 분명하지만. 비에른손이 그런 예가 되겠지, 안데르센 교수는 혼잣말을 했다. 물론 우리들 중에는 헨리크 입센의 영원한 위대함을 납득하고 싶어하고, 그런 바람을 품고 현대적으로 각색된 헨리크 입센 작품 공연을 보러 극장에 가는 사람들이 있긴 하지만. 관객은 모든 것을 받아들였다. 하나도 빠짐없이 모든 것을. 예컨대, 바람을 넣은 섹스 인형들이나 플라스틱으로 만든 거대한 음경들도. 오스왈이 신나치주의자로 나온다거나 머리를 기른 양아

치나 에이즈에 걸린 평화 협상가, 혹은 보스니아에 주둔했다가 휴가차 집에 돌아온 유엔군 병사로 나오더라도, 그리고 불쌍한 소설 속 인물 오스왈에게 상상할 수 있는 모든 형태의 연극 의상을 차려입힌다 해도 전적으로 받아들였다. 입센의 영원한 정신이 우리 시대의 젊은이를 통해 숨쉬는 것을 느낄 수만 있다면 그 모든 것을 다. 하지만 교수로서 안데르센은 입센의 글에 집중해 그 안에서 위대함을 찾아내는 것이 그의 과제라고 보았다. 그의 학생들도 작품 속에서 살아 숨쉬는 입센의 영원한 정신을 느끼기를 갈망했다. 실제로 입센의 글에 몰두해 인생의 소중한 봄날 중 두 해를 연구에 쏟아붓는 석사과정 학생들이 있었다. 그들은 정말 왜 그러는 것일까? 안데르센 교수는 종종, 사실을 말하자면 때론 냉소적으로, 자문해보았다. 베룸 출신의 착하고 상냥한 여학생이 레베카 웨스트*에게 단단히 사로잡혀 그녀에 대한 긴 논문을 쓰며 자기 인생의 스물세번째 해를 보내야 하는 이유가 뭐란 말인가? 이따금 안데르센 교수는 이해할 수가 없었다. 특히 그런 열정을 학생 본인이 감히 인정하는 것은 더더욱. 자신이 그녀의 입장이라면 감히 인정할 수 없었을 거라고 단언할 수 있지

* 입센의 희곡 『로스메르 저택』의 여주인공.

만, 그 여학생은 그 견딜 수 없이 음탕하고 음울한 여자에 대한 이른바 열광을 대학 안에서뿐만 아니라 친구들과 함께 있을 때도, 심지어 베룸 교외의 깔끔한 동네에 있는 부모님 집에서조차 드러내고 다녔다. 그녀는 앞으로 자기 젊은 날의 일 년 반을 쏟아부어 묘사하게 될 그 여자를 통해 흐르는 헨리크 입센의 영원한 정신을 느낀다는 생각에 묘한 매혹을 느꼈던 것은 아닐까? 그래, 정말로 그런 건지도 모른다. 그렇게 생각하자 안데르센 교수는 냉소가 사라지는 것을 느꼈다. 백 년 전에 쓰인 헨리크 입센의 희곡에 빠져들기를 갈망해 안데르센 교수가 있는 학문의 전당으로 몰려드는 젊은 학생들이 있다는 사실은 여전하니까. 그들은 그의 강의에서 헨리크 입센의 위대함이라는 개념이 확인되고 상술되어, 그런 방식으로 다시 한번 새로운 세대들의 정신에 공고히 자리잡게 되는 시간을 경험할 것이다. 비록 안데르센 교수 자신은 그들이 동경하는, 또한 자신이 온 힘을 다해 확증해주고 싶은 그런 의미가 실제로 있기는 한 건지 근본적인 의문을 품고 있는데도 말이다. 최소한 그와 운명 공동체에 속하고 같은 시간의 흐름을 경험한 사람들에게는 그런 의미란 존재하지 않았다. 문화적 갈망이라는 것이 그 자신과 그의 시대뿐만 아니라 인류를 위해 필요한 것이기는 하나, 모든 갈망과 허영을 벗겨낸 뒤 이들 걸작과 그 안에서 타오르는 불꽃의 흔적에 대한 마음 깊은 곳의 진짜 열의를 철저히 탐색해본다면, 사실은 그런 불꽃을 발견할 수 없을 거라고 그는 생각했다. 하지만 그의 정신에 어둠을 드리우는 이 판단에 근본적인 실수가 있을지도 모르기 때문에, 그는 그런 의심을 학생들에게 드러내지 않으려고 세심한 주의를 기울였다.

어쨌든 그도 입센의 작품과 관련해 대단히 중요한 경험이랄 것은 없이 처음에는 학생으로서, 그다음에는 연구자와 대학 교수로서 입센의 세계에 들어섰다. 그는 입센의 위대함을 하나의 사실로 인정했고 그후로도 근면하게 작가에 대해 연구했다. 『왕위를 노리는 자들』에 대해 석사 학위 논문을 쓸 때도(나중에 이를 박사 학위 논문으로 확장하여 열렬한 호응을 받았다), 그는 그 희곡을 연구하면서 한 줄 한 줄 앞뒤로 오가며 평가하고 판단하고 비교했다. 그래서 작품을 거의 외우다시피 했고 밤이면 꿈에 나타나기도 했다. 모두 경력을 위해서 그런 거라고 말하는 사람도 있을 것이다. 그가 입센을 공부한 것은 당연히 노르웨이에서 문학 연구자가 되려는 사람에게 합리적인 선택이었기 때문이다. 후에 그는 출세주의자들을 심하게 경멸하는 자신이 석사 논문 주제를 선택할 때 앞으로의 전망을 그렇게 중시했다는 사실을 깨닫고 놀랐으며, 지금도 생각하면 놀랍기는 마찬가지였다. 그는 자신이 일상에서 열정적으로 관심을 두는 분야인 현대시를 연구하는 데 전념해야 했는지도 모르지만, 그때는 그런 생각이 들지 않았다. 그는 젊은이의 석사 논문이 문학적 전통을 다루는 훈련의 형태를 띠는 것이 자연스럽다고 생각했으며, 이런 종류의 훈련을 통해 연구에 필요한 자격을 얻고 그 결과로 경력도 탄탄해진다고 생각했다. 그렇게 그는 젊은 시절에 특별한 애착도 없이 헨리크 입센의 희곡 연구에 착수한데다가, 입센의 초기 희곡 작품을 처음에는 석사 논문 주제로 그다음에는 박사 논문 주제로 선택한 자신을 변호했다. 그 당시 대학은 도전받지 않는 권위를 지닌 기관으로서, 구성원들이 냉정하게 헌신하기를 요구했었다. 요즘에는 완전히 달라졌다. 안데르센 교수가 지금 대표하는, 또 과거에 대표했던 모든 것이 도전받았다. 따라서 그들은 스스로를 변호해야 했다. 심지어 열정적으로. 평정심과 열정을 품고. 그는 이상적으로 볼 때 자신의 과제가 입센 작품의 이해를 돕기 위해 각주를 다는 일이라고 여겼다. 열정으로 써낸 각주 몇 개. 입센의 위대함에 대해—또는 사람들이 대단찮은 록 스타에게 환호할 때나 텔레비전 드라마의 다음 회를 기다릴 때 같은 열의를 품고 1880년대의 입센이 진정 얼마나 위대했는지 이해하는 우리의 능력에 대해—의구심이 들면 들수록, 그 의구심은 그를 더욱 강하게 사로잡아 쉰다섯 살 교수를 지탱하는 내적 기질을 이루었고 그의 삶과 일에도 흔적을 남겼다. 또한 그의 학생들이 우리 사회 같은 곳에 앞으로 수십 년 안에 도래할 굴욕적인 지적 풍토를 헤쳐나가 문학적 전통을 더욱 길이 전수할 의지와 능력이 있을 것인지, 그리고 그의 지도, 혹은 안내, 혹은 통솔하에 그런 시도를 한다는 것 자체가 과연 무슨 소용이 있을지 회의가 깊어졌다.

하지만 그럼에도 그는 강의와 석사과정 세미나에서, 특히 후자에서 능력을 발휘했다. 안데르센 교수는 『헤다 가블레르』와 『유령』을 다룰 때 입센의 위대함을 입증하기 위해 온 힘을 쏟았다. 『로스메르 저택』과 『욘 가브리엘 보르크만』도 마찬가지. 『헤다 가블레르』가 백 년 이상 살아남을 만큼 그 자체로 훌륭한 희곡인지 의심스럽다는 말은 단 한 마디도 하지 않았다. 작품 자체의 훌륭함 외에 다른 것을 감안하는 것은 모두 인류의 허영이다. 그는 글에서 의미를 뽑아냈고 구조를 짚어보았고 기이한 지적 긴장을 언급했으며 역설을 찾아 풀이했다. 그는 강독을 하는 동안 다양한 인물들을 강조하며 마치 그들이 중심인물인 것처럼 그 인물들의 시점에서 극을 바라보게 했다. 그리고 다른 인물이

중심일 때 생기는 상황과 비교하고 그 두 해석을 나란히 놓았을 때 생기는 공백을, 그 섬뜩한 공백을 보게 했다. 또한 그는 헤다 가블레르가 이 방에서 저 방으로, 이곳에서 저곳으로, 소파에서 원고가 있는 벽난로로, 거실에서 다시 권총이 놓인 라운지로 옮겨다니는 동안 명징하게 드러나는 정서적 상황을 설명하기도 했다. 그러는 동안 학생들은 정신을 바짝 차리고 완전히 집중했다. 그들이 알지 못한 것은 그 역시 학생들과 함께 정신을 바짝 차리고 집중했다는 사실이었다. 『헤다 가블레르』를 집중적으로 연구하는 동안 머리 뒤편에 계속 남아 있던 회의, 즉 우리 시대에 그 희곡이 1890년에 창작된 원작의 허술한 반영을 넘어서는 힘을 유지할 수 있을까 하는 회의를 몰아내거나 확증하기 위해서이기도 했지만, 탁월한 해석을 제시할 때마다 내심 품게 되던 냉소적인 의문 역시 떨쳐버리고 싶었던 것이다. 거듭 되풀이되며 조롱하듯 떠오르던 그 의문은 이러했다. '궁극적으로, 이게 정말 그렇게 훌륭한 작품일까? 장군의 딸이 공황 상태에서 결혼으로 도피한 뒤 이내 무료해져서 다른 사람들을 지독하게 괴롭히다가 마침내 권총으로 자살한다는 이야기가? 이게 수세기 동안 사람들이 자신의 모든 정신력과 강렬한 감정을 쏟으며 전념할 만한 작품인가?' 학생들의 앞날을 위해 좋은 것이 무엇일까 고민하며 강의를 해나가는 동안 그런 생각은 늘 그의 머리 뒤편에서 누군가의 목소리처럼 윙윙거렸다. 자신이 입센 희곡의 세계에 대한 흥미로운 통찰을 보여주는 말을 했다고 생각되면, 그는 기대를 품고 학생들의 반응을 기다렸다. 그들이 어리석은 소리를 할 때 그는 비수에 찔린 것처럼 상처받았다. 기껏해야 예전에 읽은 어떤 책에서 주워들은 상투적인 말을 하거나 자신들이 생활하는, 혹은 나고 자란 환경에서 사용하는 진부한 표현을 쓸 때, 또는 학생들 중 누군가가 상황에 어울리지 않게, 남에게 드러내지 말아야 할 완전히 개인적인 감정을 표출할 때도 마찬가지였다. 그것은 감정의 문제가 아니라 문학적 표현의 문제였기 때문이다. 하지만 자신이 대단히 멋있게 들리는 말, 그리고 입센의 위대함을 안데르센 교수 본인도 부인할 수 없을 만큼 잘 드러내는 말을 했을 때 학생들 중 누군가가 순간적으로 눈을 반짝 빛내는 것을 보면 쾌감이 발바닥부터 온몸을 휘감고 정수리까지 차오르는 일도 심심치 않게 경험했다. 눈을 빛내던 학생의 입에서 나온 논평이 너무 하찮고 안이하며 정말이지 너무 상투적이라는 사실 때문에 곧바로 실망을 느끼더라도 그 쾌감은 바로 사라지지 않았다. 그리고 이따금 그런 식으로 깨우침의 눈빛을 반짝이던 학생이 그 광채를 이끌어낸 생각을 진솔하게 드러내는 논평을 하거나 심지어 강렬한 감정을 담아 그것을 설명할 수 있을 때는 안데르센 교수 역시 감동을 받았다. 흔치는 않았지만 그런 순간은 알빙 부인*의 행동과 이어질 수 있었다. 또한 알빙 부인의 행동은 이천오백 년 전의 그리스 비극과도 이어질 수 있을 것이다. 그럴 것이다. 그렇지 않은가? 안데르센 교수는 그렇다고 생각했고 그 생각을 뒷받침하는 논거를 내세울 수도 있었으며, 그러면 몇몇 학생들의 눈이 빛나는 것을 볼 수 있었다. 그들은 귀를 기울였다. 그렇다, 그들은 귀를 기울였다. 알빙 대위의 자손들이 살고 있던 1880년대 노르웨이의 부르주아 가정과 이천오백 년 전 신화 속 그리스를 직접 잇는 고리를 밝혀낼 수 있을까? 물론, 그렇고말고. 감동은 동일했다. 『유령』에서나 그리스 비극에서나. 문학이 일으킬 수 있는 감동. 『유령』이 처음 공연되었을 때 크리스티아니아**의 시민들이 극장에 앉아 경험한 것이 바로 그런 감동이었다. 그리스 비극이 일으킨 것과 동일한 감동이었다. 학생들에게 그 말을 하자마자 안데르센 교수는 형언할 수 없는 희열을 느꼈다. '그런데 지금 우리는 왜 그런 감정을 잃었을까?' 그

* 『유령』에서 오스왈의 어머니로 나오는 인물.

** 오슬로의 옛 이름.

는 나중에 석사과정 세미나가 끝난 뒤 연구실에 앉아 담배를 피우며 마음을 가다듬을 때 그런 생각을 했다. '사실 그건 내가 생각했던 것보다 훨씬 심각해.' 그는 이어서 생각했다. '이전 역사에서는 보람 있는 삶을 위한 기본적인 요소였던 그런 감동으로부터 우리는 고작 백 년 떨어져 있을 뿐인데, 이젠 더이상 그것을 파악할 수조차 없게 되었어. 그렇게 가까운 과거와 이토록 단절되다니. 그건 지나가버렸어. 우리는 인류의 자연스럽고 근본적인 선천적 능력과 단절되어버린 걸까? 그 능력은 어쨌든 지난 이천오백 년 동안은 계속 기록되어온 인간 본성의 일부이지 않은가. 그게 사실이라면 이제 곧 새로운 종류의 개인이 모습을 드러낼 거야. 그리고 좋든 싫든 나는 그들의 대표자들 중 하나겠지. 내 학생들도 그렇고. 그들 스스로는 알지도 못하겠지만.' 안데르센 교수는 생각했다. '불쌍한 녀석들. 그것도 모르고.' 그는 입센으로부터 신화 속 그리스까지 역사를 거슬러올라가 둘 사이의 연관성에 대해 얘기했을 때 눈을 반짝이며 듣던 학생들을 떠올렸다. 그가 '감동'에 대해 언급한 뒤로, 학생들이 나름대로 1880년대에 쓰인 입센의 희곡 『유령』과 이천오백 년 전에 쓰인 소포클레스의 비극을 비교하며 둘의 관련성을 찾으려 하던 모습을 떠올렸다. 그들은 입센의 극적 형식과 비교해 소포클레스의 극적 형식을 살펴보며 수천 년에 걸쳐 희곡이, 인류에 대한 자각이, 무대 위에 펼쳐지는 사람의 모습이, 그곳에서 그들의 기능이 어떻게 변했는지 고찰했다. 수천 년 사이에 모든 것이 변했지만 그래도 관객의 감동은 사라지지 않았고, 두 희곡 모두가, 다시 말해 입센과 소포클레스의 작품들이 주었을 감동을 되짚어 추정해볼 수도 있었다. 학생들이 시도한 것은 바로 그것이었다. 물론 안데르센 교수는 학생들의 진부한 비교와 상투적인 견해, 그리고 우리 시대에 전형적인 자기중심적 감상벽이 거슬렸지만, 그들 중 일부도 눈을 빛냈었다. 자신들이 결코 경험하지 못할 어떤 것, 지금은 과거의 현상으로서만 파악할 수 있는 어떤 것에 대한 동경 때문이었을까? 가장 재능이 뛰어난 사람들이 그 감동을 인류가 자신들이 처한 상황을 어떻게 이해했는지 보여주는 빛나는 예로서 연구하며 아주 좋은 순간에는 굉장한 지적 만족을 느낄 수 있을 거라는 점도 사실이기는 하지만, 그 감동을 연구자 자신들은 정작 느낄 수 없고 아직 그것이 유효하던 먼 과거를 보거나 감탄만 할 수 있을 뿐이며, 그러다 그것이 바로 코앞에서 사라져버렸다는 것을 깨달아야만 하는데도? 그리하여 그들은 이제—쉰다섯 살의 안데르센 교수와는 달리—새로운 경험, 새로운 가치, 새로운 별자리, 새로운 소리, 새로운 외침, 새로운 기준, 새로운 기호를 향한 어지럽고 오만한 여행길에 오른 새로운 시대정신에 동조하라는 강요를 받게 되었는데도? 그것은 모두 그들이 젊다는 사실, 새로운 시대를 향해 원하건 원하지 않건 열정을 가지고 무모한 여행길에 나섰다는 사실 때문인가? (새로운 시대에 대한 열정을 표현해야 하는 일, 안데르센 교수는 그 일을 피할 수 있었으나, 젊은 사람들은 일종의 춤과 같은 연습된 신체 동작으로 그것을 표현해야 한다는 강박이 있는 듯했다.) 안데르센 교수는 학생들에게 동정을 느꼈다. 그리고 머지않아 자신이 나서서, 이젠 지적이고 사색적이고 책을 좋아하는 사람들은 영원히 발붙일 곳을 잃은 것 같다는 의혹을 드러내야 할 날이 곧 오지 않을까 하는 생각도 해봤다. 그가 그렇게 하지 않은 이유는 그런 의혹과 아울러, 자신이 나서서 그것을 공개적으로 표현하겠다는 욕구 혹은 의무감에는 그보다 훨씬 위험하고 전적으로 부정적인 다른 어떤 것이 도사리고 있었기 때문이다. 그것은 즉, 안데르센 교수와 학생들이 오늘날 입센과 소포클레스를 연구하며 상정한 것과 같은 감동은 존재하지 않는다는 생각, 그 감동이란 인류가 자신들의 약점을 견디기 위해 만들어낸 허구라는 생각이었다. 사실, 이천오백 년 동안 인간은 자신들의 삶을 어떤 식으로 묘사하는 작품을 보면 내적 자아가 동요하며 감동을 받는 존재라는 환상을 유지할 필요가 있었다. 왜냐하면 그들은 이 세상을 살아가는 목적을 알아내기 위해서 인간 행동을 이해하는 그런 심오한 경지를 창조할 능력도 파악할 능력도 부족했기 때문이다. 그래서 옛사람들은 그것이 가능하기를 갈망했으나 지금은 그런 갈망조차도 없다. '그러므로 인간이 창조한 예술작품과 관련해 그런 감동은 존재한 적이 없다고 추정할 수 있겠지. 그런 작품들이 우리를 감동시킨 것은 오로지 그 이야기들의 동시대성과 그것이 불러일으키는 감각 때문이었을 뿐, 그 이상은 불가능했던 거야. 우리는 이 거친 길을 걸어와 지금의 단계에 도달했고 여기엔 마침내 또하나의 환상을 없앨 기회가 있어. 나로서는 계속 유지할 수 있기를 간절히 바라는 환상이지. 하지만 나는 이러한 명백한 추정들을 바탕으로 의혹을 맨 밑바닥까지 모두 파헤치고 말았어.' 안데르센 교수는 생각했다. 그는 가장 재능 있는 학생들 몇몇의 눈에 떠오른 광채를 그려볼 수 있었다. 그리고 학생들의 그런 빛나는 눈빛이 마음의 감동을—개인적 경험으로서는 아니더라도 그것의 전제조건으로서—여실히 담은 머릿속 생각을 반영하던 시절을 아쉬운 마음으로 회상했다.

다시 말하자면 안데르센 교수는 학생들에게 애착을 가졌으며, 그 애착의 정도는 그들이 느끼는 것보다 훨씬 깊었다. 그는 학생들과 어울리지 않았기 때문이다. 강의와 세미나가 끝나면 그는 연구실에 틀어박혀 지냈다. 하지만 학생들 생각에 골몰했고, 직업 특성상 넘치는 젊음 속에서—상황이 좋을 때는, 잠재력이 뛰어난 재목을 키워내며—생활한다는 사실이 싫지 않았다. 그러나 그는 항상 그들과 일정한 거리를 유지했으며 갈수록 그 거리를 중시하게 되었다. 그럼에도 그의 눈길은 학생들 쪽을 향했고 자주 그들을 생각했다. 일례로, 최근에는 어딘지 익숙한 점이 눈에 띄는 학생들 몇몇이 나타나기 시작했다. 생김새가 눈에 익었고 몸짓이나 걸음걸이가 특이하다 싶었는데, 알고 보니 그의 동창의 자식이었다. 그러자 그는 참지 못하고 혹시 누구누구가 H. S…의 아들, 혹은 H. Kj…의 딸이 아닌지 묻곤 했다. 그리고 그렇다는 답을 듣게 되면 큰 만족감을 느꼈다. 자식이 없는 그로서는 삼십 년 전의 학생 시절과, 또 어떤 면에서는 자신의 삶과 직접적인 연결 고리가 있는 새로운 학생들이 나타나는 것을 보며 모종의 기쁨을 느꼈고, 그 고리를 알아볼 수 있었다는 사실이 특히 기뻤다. 하지만 가끔 틀릴 때도 있었다. 그가 누구누구가 U… A의 아들이 아닌지 질문을 던졌을 때, 질문을 받은 사람이 그의 예상이 옳다고 확인해주지 않고, U… A, 그게 누구죠? 하거나, 아뇨, 제 아버지는 N… B입니다, 하고 대답하면 그는 진정으로 당혹스러웠다. 그런 질문으로 학생의 내밀한 영역을 침범하려 했다고 느꼈기 때문이다.

2월 말의 어느 오후 세시경에 그는 국립극장에서 이사회 회의를 막 마치고 나온 뒤, 카를 요한 거리에서 그가 가르치는 여학생 두 명과 마주쳤다. 그런 일을 자주 경험하는 그는 그때도 잠시 멈춰 서서 그들과 몇 마디 인사를 나누었다. 인사치레로 학생들에게 석사 학위 논문이 어떻게 되어가는지 묻자, 두 여학생 모두 웃음을 터뜨리며, 오늘은 오랜만에 쉬는 날이니 그런 질문은 하지 말아달라고 말했다. 알고 보니 그들은 둘 다 공부하지 않는 시간에는 바에서 일했다. 각기 다른 바, 정확히 말해 카페 겸 술집에서. 그들은 다음날 저녁까지는 일하지 않기 때문에 자유 시간을 최대한 즐기고자 2월 말 오후의 흐릿한 햇살 속에서 카를 요한 거리를 산책하고 있으며, 그러는 동안 석사 논문에 대해서는 결코 입에 올리지 않고 대신 바에 오는 손님들 얘기를 하고 있다는 것, 그것이 그가 이해한 학생들의 말이었다. "그래, 자네 둘 다 남는 시간에 바텐더로 일하고 있군." 안데르센 교수가 친근하게 말했다. "네." 그들이 웃으며 말했다. "저희는 바텐더예요." 그중 한 명이 농담처럼 안데르센 교수에게 자기가 일하는 바에 오라고 제안했고, 그가 가끔 맥주 한잔할 시간은 있다고 말하자 다른 학생까지 적극 나서서 꼭 그렇게 하라고 권했다. 차이가 있다면 그녀는 친구가 아닌 자신의 바, 혹은 펍에 와주기를 원했다는 점이다. 안데르센 교수는 두 바의 이름과 주소를 적은 뒤, 물론 빈말로, 최선을 다해보겠다고 약속했다. 사실 그는 맥주 한두 잔쯤 할 시간을 감안해 일정을 관리하고 있었으므로 최선을 다해야 할 필요는 없었다. 그들은 헤어져 각기 다른 방향으로 걸어갔다. 두 여학생은 카를 요한 거리 아래로 내려갔고, 그는 위로 올라가 왕궁 공원을 가로질러 브리셰뷔 쪽으로 간 뒤 닐스 유엘 거리를 한쪽 끝에서 다른 쪽 끝까지 걸어 실레베크에 도착했다. 좀 돌아가는 길이었지만 그는 즐거이 걸었다. 낮이 길어졌고 이미 말했듯이 오후의 해가 조금 비치고 있어서 한겨울인데도 몸이 좀 따뜻해졌다. '꼭 가봐야겠어.' 그는 왕궁 공원을 걸어가며 생각했다. '그래, 안 될 거 없지.' 그는 브리셰뷔 쪽으로 걸어가며 계속 생각했다. 동시에 그는 자신이나 두 여학생 모두 장난으로 여긴 제안을 진지하게 고려하고 있는 스스로가 조금 놀라웠다. 어느 오후 카를 요한 거리에서 우연히 마주친 사람과 몇 마디 나누는 동안 지나가는 말처럼 나온 제안인 것을. '아니야, 그만해.' 그는 닐스 유엘 거리를 걸으며 혼잣말을 했다. '이 도시에는 맥주가 생각날 때 찾아갈 만한 바가 수백 개는 될 거야. 그리고 방금 내가 주소를 적어둔 곳들보다 집에서 훨씬 가까운 곳도 많지.' 그는 고개를 저으며 무미건조하게 덧붙였다.

하지만 두 여학생과 나눈 대화는 그의 머리를 떠나지 않았다. 집에 돌아와 서재에 앉은 후에도 그 생각이 계속 맴돌았다. 두 여학생에게서 느껴지던 어딘가 명랑한 분위기를 잊을 수가 없었다. 그들은 농담으로 그를 꼬드기려 했다. 시종일관 웃어대며 그의 환심을 사려고 장난삼아 공공연히 경쟁했다. 그리고 그 역시 기꺼이 장난삼아 꼬드김에 빠져들어 두 바의 이름과 주소를 모두 적었고, 그럼으로써 자신이 경쟁의 대상이 되는 것을 개의치 않는다는 점과 바에 가는 것을 정말로 고려해보겠다는 점을 명확히 밝혔다. 그가 머지않은 미래에, 언제든 한 번, 둘 중 한 곳에 불쑥 나타날 거라는 함의였다. 정말로 그렇게 해도 되지 않을까, 하고 안데르센 교수는 들뜬 마음으로 생각했다. 장난삼아 해보는 것이다. 둘 중 한 곳에만 가야 한다. 두 바에 모두 간다면 주책처럼 느껴질 것이다. 그들이 곧 알게 될 테고 장난은 변질되어 버릴 테니까. 그렇게 장난을 망가뜨림으로써 그는 여학생들 눈에 장난을 이해하지 못한 어리석은 사람으로 비칠 테니까. 그 장난을 제대로 이어가려면 두 바 중 한 곳을, 다시 말해 두 여학생 중 한 사람을 택해야 하며, 그러면 농담의 모호성은 마지막 완결까지, 즉 자신이 둘 중 한 바에 나타나 카운터에 앉아서 선택된 학생이 내주는 맥주는 마시는 순간까지 계속 유지될 것이다. 그런 생각에 들뜬 안데르센 교수는 서재의 안락의자에서 일어나 널찍한 아파트 안을 서성이며 공상에 빠졌고, 갑작스러운 방문으로 놀라게 해줄 상대로 두 여학생 중 누구를 택할 것인지 마음을 정해보려 했다. 바에서 그녀가 일하느라 바쁜 사이에 그는 카운터에 앉아 맥주를 시키며 다 안다는 듯한 표정을 얼굴에, 그래, 온몸에 드러낼 것이다. 그때쯤이면 그가 농담을 그 양면적인 메시지에 부합되게 이해했고 실행했다는 것을 보여주었을 것이기 때문이다. 그는 카를 요한 거리에서 친구 사이인 두 여학생을 우연히 만난 일에, 거칠게 말하자면, 마음을 빼앗겼다는 사실을 받아들여야 했다. 그 여학생들의 농담 섞인 집요함에. 당시 그들의 친밀한 모습에. 두 어린 여자의 자발적인 제안에. 처음에는 둘 중 한 명이, 그저 산다는 게 기쁜 마음에, 자신이 일하는 바에 와서 맥주 한잔하라고 교수에게 청하자, 다른 쪽도 합세하여 연신 보글거리는 웃음과 함께 똑같이 장난스럽게 청한 것이었다. 아, 그들의 모습이 그려졌다. 세 사람, 안데르센 교수 자신과 그 주위로 몰려들어 요란스럽게 그의 관심을 구하며 얼굴을 젖히고 깔깔 웃어대는 두 여학생. 굳이 골라야 한다면 그는 두번째 여학생이 더 나을 것 같았다. 그 모든 일을 시작했고 그래서 안데르센 교수를 그런 마음 상태로 몰아넣은 장본인이라고 주장할 수 있을 첫번째 여학생이 아니라. 그러고 보니, 그렇게 한 게 정말 첫번째 여학생이었을까? 두번째 아니었나? 그 모든 상황이 이런 기이한 무구함과 함께 양면적인 빛깔을 띠게 된 것은 두번째 여학생이 합세하고 난 뒤였다. 첫번째 여학생만 그런 말을 하고 두번째 여학생은 조금은 겸연쩍은 태도로 뒤에 물러서 있었다면, 그 장면은 약간 당돌한 느낌을 주어 그 역시 겸연쩍은 기분이 들었을 수도 있었다. 아니다, 그 장면이 순수하고 사심 없이 느껴진 것은 다른 학생이 합세하면서 그것이 선생의 환심을 사려는 장난스러운 경쟁으로 바뀌었을 때, 그리고 그 웃음소리가 그들, 교수 한 명과 여학생 두 명이 함께 서 있던 카를 요한 거리에 까르르 울려퍼졌을 때였다. 그러니 그가 찾아가야 하는 사람은 바로 그 여학생이었다. 아울러 두번째 학생이 첫번째 학생과는 달리 블린데른의 세미나실에서 눈빛을 반짝이던 학생들 중 하나였다는 사실도 그런 판단에 힘을 실어주었다. 그가 입센을 주제로 석사과정 세미나를 진행하면서, 입센을 (최소한 우리 시대에서는) 마지막 기항지로 하여 저멀리 신화적 풍경 속의 그리스 비극까지, 흔히 고대라고 하는 시기까지 예술이 야기하는 감동을 되짚어볼 수 있음을 용케도 밝혀보였을 때였다. 그다음에 이어진 토론에서는 대체로 별말이 없기는 했지만, 안데르센 교수는 그 반짝이는 눈빛으로 인해 그녀의 수줍음에 이끌렸었기에, 그녀가 갑자기 장난스럽고 명랑한 기운을 발산하며 마치 친구와 경쟁하는 것처럼 친구가 아니라 자기가 일하는 바에 와달라고 하는 것을 보고 더욱 놀랐다. 그는 그 여학생의 특이한 생활, 낮에는 『헤다 가블레르』의 극적 구조에 골몰하다가 밤에는 바에서 요란스러운 웨이트리스로 일하는 생활에 대해 생각해보았다. 그런 이중생활을 떠올리자 그녀가 일하는 바로 찾아간다는 것이 더욱 신나게 느껴졌다. 그리고 어디까지나 장난이라는 한계 내에서, 카운터 자리에 앉아 그녀에게 안다는 듯 고개를 까닥이면 그녀는 알아본 것에 대한 응답으로 흡사 의식처럼 맥주 한 잔을 따라줄 거라는 생각에 마음이 들떴다. 그런 생각을 하던 그는 상상 속의 이심전심에 마음이 벅차올라 안락의자에 주저앉아 뒤로 기대야만 했다. 그 장난을 아름답게 완성하겠다고 마음먹는 순간 곧바로 현실이 될 수 있는 상상이었다. 안데르센 교수는 그 환상을 정말 행동으로 옮길 것인지는 확신하지 못했지만, 가능성이 열려 있다는 사실만으로도 마음이 부풀었다. 2월 말의 오후는 이제 컴컴한 저녁으로 바뀌어 있었다. 그래서 그는 좋은 기분을,

말하자면 '기념'하기 위해 밖에 나가 저녁을 먹기로 했다. 그는 옷장에서 이탈리아제 양복 한 벌을 꺼내 옷을 갈아입었다. 집 근처 식당에서 저녁식사를 하면 즐거울 것 같았다. 일층에 품격 있는 스시 바를 갖춘 일본 음식점이었다.

계획은 지체 없이 이행되었다. 그는 집 근처 모퉁이를 돌아 일본 음식점으로 들어갔다. 일본인 바텐더 혹은 요리사가 바 저편에 서서 스시를 만들어 하나씩 차례로 내주면, 바 주변에 앉아 있는 손님들이 나무 접시에 담긴 스시를 먹었다. 안데르센 교수는 두어 자리가 비어 있는 것을 보고 그중 하나에 자리를 잡았다. 그는 스시와 함께 라거 맥주 한 병을 시켰다. 웨이트리스가 곧바로 나무 접시와 젓가락, 맥주 한 병을 들고 왔다. "그건 사케와 함께 드셔야 할 텐데요." 옆자리에 앉은 남자가 말했다. 안데르센 교수는 그쪽으로 고개를 돌리고 말했다. "그렇군요, 맞는 말씀 같습니다." 그는 웨이트리스를 불러 맥주 대신 작은 병으로 사케를 하나 달라고 말했다. 그러고 나서 그는 옆자리 손님 쪽으로 다시 고개를 돌렸다. 자신은 일본 음식점에 처음 온 것이 아니며, 그래서 스시와 곁들이기로는 작은 병에 든 이 사케가 더 훌륭한 음료라는 것을 잘 알고 있으나 때로는 오늘처럼 맥주가 더 낫겠다 싶은 날이 있다고, 하지만 옆자리 손님이 사케를 권하자 자신도 그걸 마시고 싶어졌다는 얘기를 하고 싶은 강한 충동을 느낀 것이다. 그는 그런 설명을 하려다가 조금 멈칫했던 것도 사실이다. 처음에는 이 가게의 판매 방식대로 '사케 작은 병으로 하나'를 주문하는 자신의 목소리를 옆자리 손님이 방금 들었으니 그걸로 충분하지 않은가 하는 생각이 들었다. 하지만 그것만으로 충분한 설명이 되었다고 확신할 수 없었기 때문에 그는 옆자리 손님 쪽으로 고개를 돌렸다. 말을 막 시작했을 때 그는 갑자기 옆에 앉은 남자를 알아보게 되었다. 경악스럽게도 그는 '거룩한 밤', 즉 크리스마스 전날 밤에 집에서 바라보았던 길 건너편 아파트에서 젊은 여자를 죽인 바로 그 남자 옆에 앉아 있었던 것이다.

그는 헨리크 노르스트룀 옆에 앉아 있었다. 그는 살인자의 얼굴을 똑바로 쳐다보고 있었다. 무엇을 어찌해야 할지 알 수가 없었다. 하지만 말을 시작한 참이라 그것을 끝내지 않을 수는 없었다. 그는 미소를 지으며 자신은 이곳에 오면 대개 사케를 선호하지만 오늘은 맥주를 선택한 이유에 대해 내처 설명하기로 했다. 맥주를 마시려 했지만, 옆자리 손님이—그는 좀더 친근하게 '젊은이'라고 불렀다—사케를 언급하자 그래도 역시 사케가 훨씬 낫겠다 싶어서 단번에 웨이트리스를 불러 맥주를 사케로 바꿔달라고 했다는 것이었다. "네, 그게 더 나은 선택이었어요." 헨리크 노르스트룀이 말했다. "사케여야 해요, 제 생각에는요." "항상 그런 건 아니지요." 안데르센 교수가 말했다. "나에겐 때로는 맥주가 나아요." "음, 그래요, 최선의 조합이 무엇이냐 하는 문제와는 상관없이 이따금 뭘 먹든 맥주를 마시고 싶은 때가 있죠." 헨리크 노르스트룀이 말했다. "생각해보니, 전 아시아에 있을 때 주로 맥주를 반주로 마셨군요." "아시아에 자주 가시나요?" 안데르센 교수가 물었다. "지금은 아닙니다." 헨리크 노르스트룀이 대답했다. "예전에요, 지금은 아니고요. 나중에 가야죠, 지금은 말고요. 지금은 여기 있네요." 그는 어깨를 으쓱하며 말했다.

헨리크 노르스트룀도 같은 종류의 나무 접시를 앞에 두고 있었다. 그 위에는 스시가 몇 개 놓여 있었고 그것을 그는 젓가락으로 우아하게 먹었다. 곧이어 일본인 바텐더 혹은 요리사가 첫 번째 스시 한 점을 고추냉이와 생강과 함께 안데르센 교수에게 내주었다. 안데르센 교수는 음식을 먹기 시작했다. 마음이 약간 조마조마했다. 일단 살인자 옆에 앉아 있는 곤혹스러운 상황에서 음식을 억지로 넘겨야 한다는 것도 그렇지만, 젓가락질을 능숙하게 할 수 있을지 자신이 없기도 했다. 연습을 많이 해서 어느 정도는 제대로 할 수 있었지만 이처럼 곤혹스럽고 진땀나는 상황에서 젓가락질을 해본 적은 없었기 때문이다. 그는 젓가락질에 엄청난 집중력을 쏟았고, 그가 아까의 주장과는 달리 실은 일본 음식점에 그다지 익숙하지 않다는 것을 알겠다는 취지의 말이 옆자리 손님에게서 나오지 않아서 마음을 놓았다. 그러니까, 헨리크 노르스트룀은 아직 자유의 몸이었다. 아파트 창문에서 그를 종종 관찰할 수 있었던 그로서는 어쨌든 알고 있는 사실이었다. 그가 어떻게 이토록 오랜 시간 동안 범죄를 감출 수 있었는지 안데르센 교수는 이해할 수가 없었다. 살해된 여자, 그러니까 노르스트룀 부인은 그녀를 보고 싶어하거나 어떤 식으로든 뭔가 이상하다고 의심해줄 친척이나 친구나 직장 동료가 없는 것일까? 그는 헨리크 노르스트룀이 여러 가지 변명과 이야기로 그들을 막아낸 거라고 생각했다. 당분간은 어느 정도 믿을 만하고 충분히 안심되는 말이라서 친척이나 직장 동료가 떠들썩하고 대대적인 수색을 도모하지 않았을 거라고. 그녀가 나타나지 않는 이유를 남편이 잘 말해주었을 테니까. 하지만 그것은 위험한 도박이었고 처음부터 질 수밖에 없는 게임이었다. 시간문제일 뿐이었다. 그리고 이 위험한 게임을 하고 있는 그도 그 사실을 알고 있었다. 하지만 지금까지는 아무 일도 일어나지 않았다. 뭔가 이상하다 생각하던 점이 뇌리를 떠나지 않는 불안과 걱정으로 커지는 것을 느끼면서 다시 한번 안부를 물을 정도로 노르스트룀 부인을, 그녀의 실제 이름이 뭐든 간에, 보고 싶어하는 사람이 아무도 없었다는 것이다. 이제 그는 이곳, 자기 동네에 있는 일본 음식점 스시 바에 앉아 안데르센 교수와 함께 스시를 먹고 있었다. 그들은 대화를 텄고 헨리크 노르스트룀은 스스럼없이 말을 했다. 안데르센 교수의 접시에 스시가 한 점씩 놓일 때마다 그는 자기 생각을 말했다. 모두 그가 직전에 먹은 것들이었으니까. 그래서 그는 방금 그 스시가 이 정도면 아주 훌륭하다는 자기 의견에 옆자리 손님도 동의하는지, 자신은 이보다 더 나은 건 먹어보지 못했는데 그도 마찬가지인지 물었다. 안데르센 교수는 자기 의견을 말했다. 대체로 헨리크 노르스트룀의 말에 동의했지만 가끔은 독자적인 의견도 내도록 주의하면서, 예컨대 이런 말을 하곤 했다. "이보다 더 나은 가리비는 먹어본 적이 없어요. 적어도 이 음식점에서는 말이죠." 안데르센 교수가 그런 식으로 다른 의견을 말하면 헨리크 노르스트룀은 눈을 크게 뜨고 뚱하게 대답했다. "뭐, 그렇게 생각하실 수도 있겠죠. 저는 제 나름의 생각이 있는 거고요." 그렇게 눈을 크게 뜬 뚱한 표정으로 남의 말을 일축하고 깔아뭉개는 태도는 안데르센 교수가 헨리크 노르스트룀에게서 본 가장 두드러진 특징이었다. 아시아와 관련된 일을 했다는 점만 제외한다면. 그는 그 사실을 기꺼이 알리고 기꺼이 이야기했다. 안데르센 교수는 들어본 적도 없는 아시아의 여러 장소, 시엠레아프라든가 미토라든가 핏사눌록 등에 대한 그의 자잘한 얘기들은, 안데르센 교수가 먹고 있고 자신 또한 방금 전에 먹은 스시에 대한 그의 논평에 말 그대로 양념 역할을 했다. 그는 스시를 먹으니 그런 일본 음식의 맛과는 다른 맛들, 즉 레몬그라스나 코코넛 밀크 그리고 메콩 강 삼각주 저 안쪽에서 잡은 생선의 맛이 떠오른다고 했다. "일본에서 먹는 스시 맛은 상당히 달라요." 그가 말했다. "아, 그렇군요, 일본에는 자주 가보셨나요?" 안데르센 교수가 물었다. "아니요, 안 가봤어요. 하지만 제가 그걸 아는 건 쿠알라룸푸르에서 스시를 먹으면 여기에서 먹는 스시 맛이 상상되지 않기 때문이죠. 당연히 안 되죠. 이치에 맞는 얘기 아닌가요?" "네, 그렇군요." 안데르센 교수는 대답했다. "하지만 뉴욕에서 먹는 스시는 여기와 별반 다르지 않습니다." 그는 덧붙였다. "고등어만 빼고요. 아, 대구도요." "저는 뉴욕에 안 가봤습니다." 헨리크 노르스트룀이 말했다. "그리고 사실 전 베트남 음식과 중국 음식이 더 좋아요. 그런데 노르웨이에서는 제대로 된 걸 먹을 수가 없잖아요. 다른 유럽 국가에서도 역시 드물고요." 그가 이어서 말했다. "간판만 그렇게 내걸었을 뿐이죠. 그건 사기라고 봐요." "저는 일본에 가봤습니다." 안데르센 교수가 말했다. "입센 관련 세미나가 있었죠. 베이징에도 가봤어요. 입센 관련 세미나 때문에요. 저는 문학을 가르치는 교수입니다." 그가 덧붙여 말했다. "아," 헨리크 노르스트룀이 말했다. "전 짐작도 못했습니다. 젓가락질이 서투르셔서." "저로선 이만하면 충분합니다." 기분이 상한 안데르센 교수가 말했다. "젓가락 본연의 목적에 맞게 쓸 정도는 됩니다. 일본 사람인 척, 혹은 중국 사람인 척할 필요는 없죠." 헨리크 노르스트룀은 다른 이야기를 시작했다. 아시아의 매력에 대해. 아시아에 한번 이끌린 사람은 다시 전과 같은 사람이 될 수 없음에 대해. 그는 아시아에서 사업을 했다고 말했다. 아시아를 여기저기 훑고 다닌 셈이라고. 그곳에 있는 노르웨이 회사들과 관련을 맺고 있었다고. 어느 회사죠? 그는 약간 얼버무렸다. "일단은 스타토일이 있고." 그가 대답했다. "그럼, 석유 산업에 종사하십니까?" 안데르센 교수가 물었다. "아뇨, 정확히 그런 건 아니고요. 다른 일을 했죠. 일종의 공급자였습니다." 헨리크 노르스트룀이 말했다. "뭘 공급하셨는데요?" "이런저런 것들이요. 스타토일이 필요로 하는 건 뭐든지. 스타토일과 공급자들 간의 계약을 주선

했죠." 헨리크 노르스트룀이 말했다. "뭐, 단독으로 한 건 아니고, 거기 있는 미국인들과 함께 했습니다. 알고 지내는 독일인들도 몇몇 함께 일했고요." "장소는요?" "베트남이요." 그가 말했다. 흙에 대한 얘기가 더 재미있을 것 같네요, 그가 말했다. 메콩 강의 황토. 배를 타고 메콩 강을 여행한 일에 대해. 메콩 강의 저녁노을. "아시아에 가면 사람이 달라집니다." 그가 말했다. "무슨 신비한 현상 같은 건 아니에요. 그냥 그렇게 될 뿐이죠. 곧 거기 다시 갈 예정입니다." "어디로요?" "캄보디아요." 그가 말했다. "캄푸치아라고도 하죠. 연줄이 있으면 할 일이 많은 곳이에요. 뭐든 해볼 수가 있어요." 그가 덧붙였다. "사실 저는 전기 기술자입니다. 전기 설비 기사죠."

헨리크 노르스트룀은 식사를 마쳤다. 그는 계산서를 요청해서 받고 계산까지 했는데도 자리를 뜨지 않았다. 그는 안데르센 교수 옆에 앉아 그가 먹고 있는 스시에 대해 평했다. 아시아에 대해, 그리고 그곳과 자신의 인연에 대해서도 이야기했다. 안데르센 교수는 마지막 스시 한 점을 먹고 커피를 주문했다. 커피가 나오고 그것을 마시는 동안에도 헨리크 노르스트룀은 나갈 기미 없이 옆자리에 앉아 있었다. 안데르센 교수가 커피를 마시는 동안 옆자리에 앉은 헨리크 노르스트룀은 별말이 없었다. 허공을 응시하고 있었는데, 혼자만의 생각에 잠겨 있거나 다른 손님들을 훔쳐보는 듯했다. 다른 손님들은 대부분 일본인들로, 아마 일본 공사관과 관련이 있는 사람들일 것이다. 안데르센 교수는 커피를 다 마시고 웨이트리스를 불러 계산서를 달라고 했다. 계산서를 받고 식대를 지불한 후, 그는 나가려고 일어섰다. 헨리크 노르스트룀도 자리에서 일어나, 두 사람은 외투걸이에서 외투를 찾아 식당을 나왔다. 어두운 겨울 밤거리로 나오자마자 헨리크 노르스트룀은 오른손을 내밀며 자신을 소개했다. "헨리크 노르스트룀입니다." 그가 말했다. 안데르센 교수도 오른손을 내밀어 그 손을 쥐고 같은 방식으로 인사했다. "폴 안데르센입니다." 그가 말했다. "참 훌륭한 식사였어요." 그가 이어 말했다. 헨리크 노르스트룀은 고개를 끄덕였다. "하지만 저는 이 도시에서 제대로 된 중국 음식이나 베트남 음식을 먹지 못해 아쉽습니다." 그가 말했다. 안데르센 교수는 고개를 끄덕이고 집 쪽을 향해 걷기 시작했다. 헨리크 노르스트룀도 같은 방향으로 걸었다. 그들은 모퉁이를 돌아 안데르센 교수의 (그리고 헨리크 노르스트룀의) 집이 있는 거리에 들어섰다. 아파트 건물 정문 앞에서 안데르센 교수는 걸음을 멈췄다. 외투 주머니에서 열쇠고리를 꺼내 정문 열쇠를 찾았다. 그는 강렬한 흥분이 온몸을 타고 흐르는 것을 느꼈다. 바로 지금, 마음을 정해야 한다. 지금, 바로 지금. 이 젊은이는 그가 우연히 옆자리에 앉은 그 순간부터 그에게 거의 들러붙다시피 하지 않았던가? 지금 도망칠 수는 없다. 그래서 안데르센 교수는 그에게 위로 올라가서 한잔하자고 제안했다. 헨리크 노르스트룀은 눈을 크게 뜨고, 친근하지만 조금은 얄궂은 시선으로 그를 쳐다보더니 말했다. "네, 감사합니다. 저야 좋지요." 안데르센 교수는 정문을 열고 그와 함께 계단을 올라가 아파트 안으로 들어갔다. 그들은 현관으로 들어갔고, 안데르센 교수는 손님을 서재로 들이면서 동시에 식당으로 가는 문을 잠갔다. 그는 헨리크 노르스트룀에게 소파에 앉으라고 말했다. 그리고 자신은 부엌으로 들어가 위스키와 탄산수와 얼음을 찾았다. "세상에, 무슨 책이 이렇게 많을까!" 그가 다시 안으로 들어가자 헨리크 노르스트룀이 외쳤다. "이 책들을 다 읽으셨어요?" "네, 거의 다요." 안데르센 교수가 대답했다. "읽은 걸 다 기억도 하시고요?" "네, 대부분." 안데르센 교수가 대답했다. "이 모든 게 다 머릿속에 있나요?" 깜짝 놀란 헨리크 노르스트룀이 방의 벽을 가득 채우고 있는 책장을 가리키며 말했다. 안데르센 교수는 고개를 끄덕였다. 그는 위스키와 탄산수를 따르고 얼음을 넣었다. 하지만 두 잔 중 하나를 헨리크 노르스트룀에게 건네자 그는 그냥 탄산수만 한 잔 달라고 했다. "아, 저는 당연히 위스키를 드실 거라고 생각했습니다." 안데르센 교수가 사과하듯 말했다. "마시기도 하고 마시지 않기도 합니다." 헨리크 노르스트룀이 대답했다. "무슨 일에든 적당한 시간과 장소가 있으니까요." "바로 그래서죠. 방금 전에 분명히 사케를 드셨을 거라고 생각했고, 그래서……" 안데르센 교수는 거의 불만스러운 듯한 목소리로 그렇게 말했다. "그래요, 하지만 그건 그때 일이죠." 헨리크 노르스트룀이 말했다. "지금은 그냥 탄산수만 한 잔 마시고 싶어요." "네, 물론." 안데르센 교수는 그렇게 말하고 새 잔을 가져다 탄산수와 얼음을 넣어 헨리크 노르스트룀에게 주었다. 그는 기분이 좀 상했다. 헨리크 노르스트룀은 왜 자신이 위스키와 탄산수로 술을 두 잔 만드는 것을 보고도 그냥 탄산수만 달라고 말하지 않고 있다가 기껏 자기 몫의 술을 준 뒤에야 그 말을 한 것일까? 그리고 왜 스시 바에서는 음식값을 치른 뒤에 바로 나가지 않고 자신이 식사와 계산을 마칠 때까지 남아 있었던 걸까? 그는 바로 본론으로 들어가야겠다고 마음먹었다. 그는 헨리크 노르스트룀에게 자신에 대해 이야기했다. 지금까지 십 년 동안 그 아파트에서 혼자 살고 있다는 것. 그전에는 십오 년 동안 결혼생활을 했다는 것. 결혼생활 얘기는 일반적으로도 싫어했고 특히 이 젊은 남자에게는 더욱 하기 싫었지만 그래도 그 얘기도 조금 했다. 베아테가 같은 도시에 살고 있지만 자신의 아내였을 때와는 다른 성을 쓰고 있다는 사실을 그에게 얘기해야 했다. 이제 그녀는 베아테 베크이며, 두 사람은 십 년 동안 한 번도 만나지 않았다. 둘 사이에 아이가 없었기 때문에 만나야 할 이유가 없었고 우연히 마주치는 일도 피할 수 있었다. 그는 헨리크 노르스트룀에게 결혼생활을 경험으로 알 만한 입장인지 물었다. 그렇다고 그는 대답했다. 자신도 '폴 형님'과 똑같은 경험이 있다고 말이다. 이혼했고 전처와는 헤어진 지 이 년밖에 안 되었지만 더이상 만나지 않는다고. 하지만 그의 아내도 그와 결혼했을 때의 성 노르스트룀 대신 다른 성을 갖고 있었다. 이젠 이름이 달라진 그녀는 함메르페스트에 살고 있었다. 그가 지나가는 말처럼 언급한 그 이름을 안데르센 교수는 주의깊게 들었다. 안데르센 교수는 자기 잔에 든 술을 다 마시고 곧바로 헨리크 노르스트룀을 주려고 만든 술을 마시기 시작했지만, 그동안 헨리크 노르스트룀은 탄산수만 홀짝거렸다. 젊은이의 외모에 뭔가 알 수 없는 구석이 있었다. 서른 살 언저리일 거라는 점은 확실했지만 정확히 몇 살인지는 전혀 가늠이 되지 않았다. 처음에 안데르센 교수는 그가 서른 살이 채 안 되었을 거라고, 스물여덟이 확실하다고 생각했지만 그런 생각이 떠오른 바로 그 순간 그를 쳐다보고는 아니, 아니야, 스물여덟보다는 더 먹었어, 서른은 넘었어, 하고 생각했다. 서른둘이야, 하고 단정했다가도 그런 생각을 품고 그를 쳐다보니 그것 역시 틀린 것 같았다. 그는 서른둘이 아니라 그보다 훨씬 어려 보였다. 스물여덟은 너무 어리고 서른둘은 너무 든 것 같으니, 그럼 정확히 서른일 거라고 안데르센 교수는 생각했다. 그래서 딱 서른이라는 생각을 하며 그에게 눈을 돌린 순간, 역시나 틀린 느낌이 들었다. 그는 생각했다. '서른은 아니야. 그보다 약간 많거나 아니면 약간 어려. 둘 중 하나인 것만은 분명한데 확실히 모르겠어. 하지만 내가 특정한 순간에 어떻게 생각하든 그건 그의 실체와는 달라. 쳐다보면 늘 틀린 것 같으니까.' 헨리크 노르스트룀이 다시 아시아에 대해 열변을 토하기 시작했다. 여기 우리 나라에는 아시아에서 요즘 무슨 일이 일어나고 있는지 제대로 아는 사람은 아무도 없다. 가장 지식이 깊다고 여겨지는 사람들도 극히 일부분만을 추측할 뿐이다. 지금은 거대한 전환기이며, 모든 것이 변화하고 시작되고 있다. 그곳은 부글부글 끓어오르고 있다. 모든 것이 바뀌고 있다. 그리고 동양은 서양, 서양은 동양이라서 그 둘은 절대 만나지 못할 것이다.* 수십억의 사람들. 수십억 인구의 동양이 서양으로 변하고 있다. 모든 중국인이 아침식사로 달걀 하나씩을 먹는다면 세상은 끝장날 것이다. 그렇게 간단한 문제다. 다시 말해, 우리가 아는 세상 말이다. 곧 그런 일이 일어난다. "그런 일이 일어나면 이 책들이 말해줄 수 있는 건 아무것도 없을 겁니다." 그가 안데르센 교수의 서재 벽을 채운 책장들을 가리키며 말했다. "그런데 이 모든 걸 머릿속에 넣고 계시다니!" 그가 외쳤다. "참 불쌍한 분이시네!" 그는 고개를 저으며 말했다. 그때 안데르센 교수는 세상이 어떻게 변하든 이 모든 책들을 머릿속에 넣고 있다는 사실은 결점이 아니라 장점이라 생각한다는 말을 하지 않을 수 없었다. "언젠가 머릿속의 책들은 제게 고요한 기쁨을 줄 것이고, 그런 기쁨을 누릴 수 있는 사람은 몇 안 될 겁니다." 그가 그렇게 말하자 헨리크 노르스트룀은 눈을 크게 뜨고 가늠이 안 되는 젊은 얼굴로 그를 뚫어져라 쳐다보았다. "네, 네, 누구나 원하는 걸 믿을 권리는 있겠죠." 그가 잠시 생각해본 후 그렇게 말했다. "그런데 저는 형님과 대화하는 게 좋습니다." 그가 탄산수를 마저 마시고 자리에서 일어서며 덧붙였다. 그는 '한잔' 고마웠다고, 하지만 아쉽게도 이젠 가봐야겠다고 말했다. 그에게는 다른 약속이 있었다. 안

* 영국 작가 러디어드 키플링의 시 「동양과 서양의 노래」에 나오는 구절을 비튼 것. 원문은 "오, 동양은 동양, 서양은 서양, 이 둘은 절대 만나지 못하리."

데르센 교수도 일어서서 문간까지 따라나갔다. 헨리크 노르스트룀은 안데르센 교수가 문을 잡고 있는 동안 밖으로 나가려다 말고 다음주 수요일에 시간이 있는지 물었다. 별일 없다면 비에르케 경마장에 같이 가자고 청하고 싶다고 했다. 헨리크 노르스트룀은 다른 사람 세 명과 함께 경주마를 한 마리 소유하고 있었다. 돌아오는 수요일에 생애 처음으로 경주에 나가는 세 살짜리 서러브레드종이었다. 안데르센 교수는 당혹스러웠다. 뭐라고 답해야 할지 알 수 없었다. 그는 다음주 수요일 오후에 시간이 있을지 잘 모르겠다고, 현재로선 약속은 없지만 언제라도 처리할 일이 생기면 무시할 수 없는 입장이라고 말했다. "네, 음, 그럼 이렇게 하죠." 헨리크 노르스트룀이 말했다. "제가 이곳에 수요일 오후 다섯시에 올게요. 그때 괜찮으시면 저랑 같이 가시죠." 안데르센 교수가 그렇게 하자고 말하고 그들은 헤어졌다.

헨리크 노르스트룀이 나가자마자 안데르센 교수는 식당으로 들어가는 문을 열고 그곳을 통해 거실로 가서 커튼 뒤에 자리를 잡았다. 그는 정문을 나간 헨리크 노르스트룀이 서둘러 자기 집 정문으로 가서 열쇠로 문을 열고 그 안으로 사라지는 모습을 보았다. "어허, 다른 약속이라!" 안데르센 교수는 혼잣말로 외쳤다. 그는 정말로 누군가 나타나 헨리크 노르스트룀의 아파트가 있는 건물 정문의 초인종을 누르는지 보려고 한참 동안 그곳에 서 있었다. 그런 일은 일어나지 않았다. 하지만 잠시 후 헨리크 노르스트룀 본인이 정문으로 나와 밖에 주차된 자기 차 쪽으로 걸어가더니 차를 몰고 사라졌다. 안데르센 교수는 시간을 확인했다. 아홉시 십오분. 함메르페스트에 전화하기엔 너무 늦었나? 아니다. 그는 전화번호 안내 서비스에 전화해 헨리크 노르스트룀이 언급한 전처의 현재 이름을 대며 번호를 물었다. 그 번호로 전화하니 어떤 여자가 전화를 받았다. 그녀는 안데르센 교수가 말한 이름을 가진 사람이 자기라고 확인해주었다. 그는 수화기를 내려놓았다. 확인은 했는데 기분이 좋지 않았다.

이제 우리는 다시 출발점으로 되돌아왔고, 안데르센 교수는 난처해졌기 때문이다. 그는 이탈리아제 양복 차림으로 서서, 방금 전에 전화기 본체 위에 내려놓은 수화기를 쳐다보고 있다. 바랐던 것과는 다른 사실을 확인한 것이다. 그가 크리스마스 전날 밤에 창가에서 본 여자, 헨리크 노르스트룀의 아파트에서 그의 손에 목이 졸려 죽은 그 여자는 그의 아내가 아니라 미지의 여자였다. 아직 실종 신고가 되지 않은, 그리고 나중에 발견되거나 혹은 마침내 실종 신고가 되었을 때에도 헨리크 노르스트룀과 특별한 관련이 없을지도 모르는 여자. 그러니까, 그 여자가 발견

또는 신고되는 일이 생기기나 한다면. 안데르센 교수는 거실 밖, 전화기가 놓인 현관에 서서 깊은 생각에 빠져 있었다. 그는 정말로 그 생각의 무게에 눌려 가라앉는 느낌이었다. 이제 그는 시작점으로 되돌아왔고, 기분은 꼼짝달싹 못했던 새해 전날 즈음보다 훨씬 나빴다. 그날 저녁부터 그다음 수요일에 살인자가 초인종을 누르는 순간까지의 일들은 안데르센 교수가 느끼기에 모두 안개 속에서 일어나는 것 같았다. 안데르센 교수는 몸 상태가 안 좋았다. 몸이 너무 안 좋아서 그는 그날 아침에 학교에 전화를 걸어 일주일 동안 휴가를 쓰게 해달라고 요청했다. 그러고 나서 의사를 찾아갔다. 베른트 할보르센은 아니고 전에 그를 진료한 적 있는 의사였다. 안데르센 교수는 십사 일간의 병가를 허가받았다. 스트레스였다. 그는 곧바로 병가 진단서를 학교로 보냈다. 정말로 몸이 편찮았다. 머리가 아팠고 눈앞에 반점들이 보였으며 속이 계속 울렁거렸지만 구토는 나오지 않았다. 그는 잠옷으로 갈아입고 바로 잠자리에 들었다. 하지만 가만히 누워 있을 수가 없어서 다시 일어나 가운을 걸치고 이 방에서 저 방으로 아파트 안을 돌아다녔다. 하루가 지나고, 또 하루가 지나고, 또 하루가 지났다. 그동안 그는 여러 생각에 잠겼다. 그리고 다음 수요일까지 기다렸다. 뭘 어떻게 해야 할지 알 수가 없었다. 그는 헨리크 노르스트룀이 자기 아내를 죽였다고 믿었기 때문에, 혹은 착각했기 때문에, 법망이 곧 그를 덮칠 거라고, 그가 발각되는 건 시간문제라고 생각했었다. 그러자 마음이 아주 편안해져서, 창가에서 살인을 목격한 뒤로 두 달이 흐르는 동안 거의 평소와 같은 생활을 할 수가 있었다. 그래서 그는 일종의 관찰자가 되었다. 어쩌면 그가 건너편 아파트를, 그리고 최근에는 거기 사는 사람을 주시한 것은 원초적인 호기심 때문이었다고 말할 수도 있을 것이다. 이제 곧 운명의 심판을 받을 남자를 보기 위해 가끔씩 흘낏거린 정도. 하지만 이제 그는 원점으로 되돌아왔다. 살인자와 살인을 목격한 자신. 그리고 목격한 것을 신고하지 않음으로써, 헨리크 노르스트룀이 운명의 심판을 받지 않고 자유롭게 나돌아다니게 만든 자신. 그리고 다음주 수요일에 그 살인자는 그의 집 초인종을 누를 것이고, 두 사람은 비에르케 경마장에 함께 가서 살인자의 말이 최초로 경주에 나가는 모습을 볼 것이다. '신고를 해야 했어.' 그는 중얼거렸다. '이렇게 될 줄 알았다면 신고를 했을 거야. 단지 무슨 일이 벌어지는지 보기 위해서라도. 크리스마스 전날 밤 창가에 있던 그 여자는 누구였을까? 지금은 죽은 여자. 왜 그 여자를 죽였을까? 시체는 어떻게 처리했을까? 그리고 왜 아무도 실종 신고를 하지 않을까? 정말로, 다시 옷을 입고 곧장 마요르스투아 경찰서로 가고 싶어질지도 모르겠어. 수수께끼를 풀기 위해서라도 말이야.' 그 생각을 하자 기분이 좀 살아났으나, 그건 단지 공상에 그치고 말 것임을 그는 다시 한번 깨달았다. 그런 공상이 잠깐의 위안을 주기는 하지만 자신은 결코 실행에 옮기는 것을 진지하게 고려하지 않을 거라고. 크리스마스 전날 밤, 살인이 일어난 직후에 전화기로 걸어가 수화기를 들기까지 해놓고도 신고하지 않은 것이 이제는 후회스럽기도 했으나, 결국—이후에 그에게 그토록 큰 고민을 안겨줄 상황과 그 어느 때보다 고민스러운 현재 상황으로부터 자신을 해방시켜주었을 그 번호를 누르지 않고, 들었던 수화기를 바로 내려놓았던 순간을 생각하면 마음이 서글퍼지는데도—신고할 생각을 하면 그는 여전히 맥이 풀렸다. 그때 그가 헨리크 노르스트룀을 신고하는 것은 불가능했고 지금도 마찬가지지만, 그를 만나고 난 지금은 더더욱 그럴 수 없었다. '트론하임에서 성급하게 돌아온 것도 그가 사라져버릴까봐서 그런 거잖아. 세상에! 최소한 그런 짓만은 다신 안 할 거야.' 그가 한탄했다. '안 할까?' 그는 재빨리 덧붙였다. '정말로 확신하나?' 그는 비아냥거리는 투로 중얼거렸다. '왜 그런 짓을 했는지 안데르센 너도 모르겠다고 했지? 그런데 왜 그랬는지 모른다면서 다시는 안 그럴 거라고 어떻게 확신할 수 있지? 아, 그만해, 그만해!' 그는 잠옷 위에 가운을 걸치고 춥지 않게 허리에 끈을 묶고서 아파트 안을 서성거렸다. 가끔씩 너무 덥다는 생각이 들면 허리끈을 느슨하게 풀어 가운 앞섶을 벌렸다. '하지만,' 그는 생각했다. '내가 신고하지 않은 건 단 한 가지 가정 때문이었다는 건 확실히 해야지. 그것이 우발적인 살인이었다고, 계획한 게 아니라 절망에 빠져, 마음의 상처와 분노 때문에 저지른 살인이었다는 거야. 사람을 죽이는 게 즐거워서 그런 거라면 나는 한순간도 망설이지 않고 신고했을 거야. 마찬가지로, 냉혹하게 계획된 살인이었다면. 아, 아니구나,' 그는 낙심하여 말했다. '계획적인 살인이었다 해도 나는 신고하지 않았을 거야. 그건 맞아.' 그는 차분하게 말했다. '안 그런 척하고 싶지 않아. 그래도 즐기기 위한 살인이라면 신고했을 거야. 하지만 어떤 상황의 살인이었는지 내가 어떻게 알겠어!' 그는 소리쳤다. '그 여자가 교살되는 걸 봤을 뿐이야. 내가 본 건 그것뿐이라고. 하지만 난 그게 격분 때문에, 눈먼 분노 때문에 일어난 일이라고, 따라서 눈이 멀어버린 상태에서 일어난 일이라고 생각해왔어. 그래서 나는 신고할 수 없었던 거야. 신고한다는 생각을 소화할 수가 없었어—소화라고?' 그는 자신이 한 말에 끼어들었다. '소화라니! 좋아, 그럼 머리로 받아들인다고 하자.

의식의 일이라고. 나는 정의 실현을 위해 개입하는 사람이 된다는 걸 견딜 수가 없었어. 그 사람이 자기 행동에 경악하고 있다고 생각했기 때문에 그의 고통을 연장시키고 싶지 않았던 거야. 차라리 덜어주고 싶었지, 그게 가능하다면. 그 여자를 정말로 죽일 생각은 없었을 거야. 그건 정신이 나간 남자의 행동이었어. 나라도 그럴 수 있었을 거야—그런 소리 마.' 그가 나무라듯 끼어들었다. '너, 계획적인 살인이라는 걸 알았다 해도 신고하지 못했을 거라고 방금 인정했잖아. 그것 역시 너라도 그럴 수 있었다고 할래?—아, 아니야.' 그는 대답했다. '나는 냉혹하게 살인을 계획할 수 있는 사람이 아니야. 하지만 그런 일을 한 사람이 불쌍하긴 해. 그런 끔찍한 짓, 그런 극악무도한 짓이 미리 생각한 일, 그래, 치밀하게 계산한 일이었다 해도 그런 처지가 된다는 건 상상만으로도 괴로워. 그래서 나는 그가 자유롭기를, 그래, 도망치기를, 심지어 그 모든 일을 잊을 수 있기를 바라. 그래, 정말이야. 난 무슨 일이 있어도 그 사람이 체포되도록 도울 수는 없어. 하지만 폴 안데르센 이 사람아, 그러면 상습적인 살인자에 대해서는 왜 예외를 두는 거지?' 안데르센 교수는 꼼꼼히 따져가며 생각했다. '뉘우치지 않는 살인자는 위험하니까. 다시 살인을 저지를 수 있잖아—아, 하지만,' 안데르센 교수는 의기양양하게 자신의 말을 잘랐다. '그럼 네 말대로라면 살인을 계획해 냉정하게 실행하고, 자기가 죽인 사람에 대해, 더 심하게는, 자기가 죽이려는 사람에 대해 한 점 동정심이 없는 사람은 위험하지 않다는 뜻이야? 그 점을 지적하지 않을 수가 없군!' 그는 덧붙여 말했다. '그래, 정말이지 지적하지 않을 수가 없겠지.' 안데르센 교수는 자기 말을 흉내냈다. '하지만 계획적인 살인은 그것을 저지르는 사람의 입장에서는 해결을 꼭 해야 하지만 다른 방법으로는 해결할 수 없는 문제를 해결하기 위해 실행하는 고립된 행위야. 그리고 똑같은 사람이 이런 식으로밖에 문제를 해결할 수 없는 상황에 두 번이나 처하게 된다는 건 극도로 힘든 일이지. 그래, 통계적으로 불가능한 일이라고 생각되는군. 하지만 뉘우치지 않는 살인자는 살인이 좋아서 죽이는 것이고, 누군가 죽일 사람만 있으면 또다시 그런 일을 저지를 수 있어. 그래서 그런 사람은 해를 끼치지 못하도록 신고를 해야겠지. 아, 이런 생각은 더는 못하겠어. 어떻게 생각해도 늘 뭔가 틀렸잖아. 난 단지 그 사람이 빠져나갈 수 있기를 바랄 뿐이야. 어쨌든 내게서라도. 아니면 내가 그 사람에게서.' 그는 생각했다. '아, 그 사람을 해치워버려야겠어.' 그는 갑자기 그런 생각이 들었다. '아니, 아니, 그런 식으로는 아니고.' 그렇게 얼른 덧붙이고 나자 웃음이 터져나오려고 했다. 하지만 그런 생각을 하니 정말로 웃고 싶은 마음이 들어 다시 그 말을 반복했다. '그 사람을 해치워버려야겠어.' 그러자 또 한번 웃음이 터져나오려고 했다. '정말이야, 그런 식으로는 아니고.' 그렇게 덧붙이니 이젠 정말로 웃음이 나왔다. 너무 심하게 웃다보니 웃음을 멈출 수가 없었고, 기침까지 나오기 시작했다. 그는 웃고 기침을 하면서, 발작적인 웃음과 기침을 하는 도중에 생각했다. '이건 참 병적인 유머 감각이라 해야겠군.' 그러자 딸꾹질 같은 웃음이 또 터져나와 그는 잠옷과 가운 차림으로 배를 부여잡고 이 방에서 저 방으로 아파트 안을 돌아다녔다. 맨발은 아니었다. 이 와중에 독감에 걸릴까 무서워 양말을 신고 있었다. 잠옷에 대해 말하자면, 안데르센 교수는 아플 때가 아니면 잠옷을 입지 않았다. 지금도 아프긴 하지만 그는 마음이 가라앉지 않아 침대에 조용히 누워 있을 수 없었다. 그에게는 잠옷이 딱 한 벌뿐이었는데, 돌아가신 지 한참 된 어머니가 오래전에 주신 것이었다. 그나마도 안데르센 교수는 몸이 아픈 일이 드물었기 때문에 좀처럼 입을 일이 없었다. 그는 어찌할 바를 모르고 이 방에서 저 방으로 돌아다녔다. 그는 서재 벽을 뒤덮은 책장 안의 책을 쳐다보았다. 발작적인 웃음 때문에 창백해진 얼굴로 그는 스스로를 무척 걱정했다. 그런 행동은 벼랑 끝에 선 사람이 느끼는 정서적 불안의 발로였기 때문이다. 그가 책에서 읽은 그 모든 갈등, 그리고 강압에 시달리고 기로에 서고 선택을 강요당하는 그 모든 사람들. 책장에 늘어선 수많은 책들이 바로 그런 것들을 다뤘지만, 지금 그 책들은 그에게 아무런 도움이 되지 않았다. '아, 아무것도 배운 게 없구나.' 그는 탄식했다. '배울 게 아무것도 없기 때문이지. 이 모든 괴로움의 배후에 있는 그 남자에게 말했듯이 이 모든 책이 내 머릿속에 있어. 하지만 결국 말 그대로 그렇다는 건 아냐. 정말로 그렇다면, 내가 이 아파트 안의 벽장 문을 열기만 하면 오래된 해골이 우르르 쏟아져나왔겠지. 하지만 사실 그런 건 아니잖아. 증명할 수도 있어. 찬장 문을 열어보기만 하면 되니까.' 그는 생각했다. '하지만 그러지 말자.' 그는 덧붙였다. '지금은 안 돼, 이런 상태로는.'

안데르센 교수는 이른 아침부터 늦은 밤까지 아파트 안을 서성거렸다. 보통 정오에는 침대에 누워 정신이 어지러운 상태로 몇 시간 동안 눈을 붙였다. 밤에도 마찬가지였다. 자다 깨다를 반복했고 꿈은 이리저리 쏠리는 혼란스러운 생각에 불과했다. 하지만 아파트 안을 산만하게 서성이는 동안에는 정신이 바짝 긴장되는 것을 느꼈고, 그 시간 동안 그는 요리, 식사, 설거지, 청소, 정리정돈 등의 일상적인 일도 처리했다. 그는 게다가 침대를 정리하기까지 했다. 낮시간의 대부분을 침대 위에 누워 있을 거라는 것, 그리고 몇 시간 내로 저녁을 먹은 뒤 다시 거기 누워 휴식 비슷한 걸 취하게 될 거라는 사실을 알았는데도 그런 것이다. 그는 정신이 수정처럼 맑았지만, 그럼에도 어찌할 바를 몰랐다. 살인을 목격하고도 헨리크 노르스트룀을 신고하기를 꺼리는 자신을 이해할 수 없었다. 아, 사건 발생 당시 신고하지 못했던 건, 그래, 이해할 수 있었다. 하지만 지금, 그로 인한 곤란이 헤아릴 수 없을 정도로 심각하다는 사실을 몸과 마음으로 경험한 지금도 그를 신고하지 못하는 건 왜일까? 그런 부작위 죄는 결코 변호할 수 없을 것이다. 그런 행동은 옹호의 여지가 없다는 것은 모든 문명의 전제다. 그것은 말할 필요도 없다. 어떤 경우에라도. 신고를 하지 않음으로써 그는 살인자와 함께 이방인이 되었다. 그의 눈에도 자신은 이방인이었다. 살인자와 함께. 그것은 자업자득이었다. 그리고 그 모든 것의 뒤에는 신이 있었다. 그런 당연한 질서를 깨뜨리는 일이 살아 있는 사람이라면 아무도 설명하거나 손을 대거나 기억에서 지워버릴 수 없는 금기가 된 궁극적인 이유로서의 신. 종교가 없는 안데르센 교수로서는 그런 맥락의 사고가 대단히 생경했지만, 어쩌다 얽혀들어 아무리 절실히 원해도 헤어날 수 없는 문제를 생각하고 또 생각하다보니 그런 말이 저절로 튀어나오는 건 어쩔 수 없었다. '누구도 자기 멋대로 신을 지어낼 수는 없어. 신을 믿지 않는 사람이라도.' 그런 생각이 떠오르자 그는 깜짝 놀랐다. 하지만 그것이 자명한 진리이며, 그것을 명심하는 것 말고는 대안이 없다는 사실을 깨달아야만 했다.

그 생각은 그가 한낮에 잠옷과 가운 차림으로 아파트 안을 서성거리던 중, 번민하는 그의 머릿속을 뚫고 나온 환상처럼 완전히 자연스럽게 떠올랐다. 그것은 밖으로 터져나온 내면의 목소리였다. 기습당한 느낌과 불편한 느낌이 함께 찾아왔다. 불편하고 달갑지 않은 생각이 꼬리를 물고 떠올라 그를 얽어맨 것이 이번이 처음은 아니었다. 그의 삶에 살인자가 등장한 이래로 그는 곤란스럽기 이루 말할 수 없는 생각에 빠져드는 경향이 있었고, 그럴 때마다 속이 울렁거렸다. 예를 들어, 헨리크 노르스트룀이 '원초적 범죄'를 저질렀다고 다급하고 반복적으로 결론을 내린 이래로, 그는 태고라는 의미의 '원초적 시간'과 손목 위에서 저마다의 시간을 째깍째깍 알려주는 기구로 측정되는 '시간' 사이에 어떤 관련이 있는지 보려고, 혹은 느끼려고, 자신의 손목시계를 뚫어져라 쳐다보곤 했다. 관련이 있다 해도, 역겹기만 할 뿐 전혀 매혹적이지 않았다. 특히 생각이 그런 데로 빠져버렸다는 사실 때문에 불쾌한 느낌은 더욱 강해졌다. 그가 이십대 시절부터 지금까지 형이상학적이고 종교적인 사고에 영향을 받지 않은 것은 아마도 사변적 사고에 대해 그의 마음에서 일어나는 이러한 저항 때문이었을 것이다. 그는 다른 사람들이 형이상학적 개념을 표현하면 관심을 가지고 귀기울였지만 그런 생각이 자기 머릿속에, 말하자면 자신의 글에 나타나면 혐오감이 들었다. 하지만 이번엔 그렇지 않았다. 그는 그런 생각을 평소처럼 곧바로 몰아내기보다는 자신의 정신에도 존재하는 것으로 받아들여야 한다는 사실을 깨달았다. 지금껏 몇 달 동안 그는 헨리크 노르스트룀이 젊은 여자를 살해하는 것을 보고도 수화기를 들었다가 내려놓아버리고 신고하지 못했다는 생각에 괴로워했다. 그후로 그는 몰아치는 사회의 요구들을 끊임없이 느꼈고, 사회의 영향이 얼마나 강한지 실감했다. 본질적으로 이 사회의 불충한 종복인 폴 안데르센 교수에게도 예외는 아니었다. 자신이 한 일, 혹은 하지 않은 일을 생각하면, 그리고 도저히 머리에서 몰아낼 수 없는 살인자와의 만남을 생각하면 그는 눈앞이 어질어질했고, 그럴 때면 내면의 자아를 향해 큰 소리로 '누구도 자기 멋대로 신을 지어낼 수는 없어! 신을 믿지 않는 사람이라도!' 하고 외쳤다. 그리고 마음속에서 그렇게 부르짖을 때면 그 말이 너무도 자명하고 옳게 느껴져 화들짝 놀랐으며, 동시에 그토록 자발적으로 흘러나온 말, 다른 누구도 아닌 자신의 입에서 흘러나온 그 말에 마음이 불편하고 울적하기까지 했다.

그럼으로써 안데르센 교수는 신을 인정했다. 신의 존재 자체는 아니지만 추상적 관념으로서의 신, 그리고 사회적 고려를 넘어서는 어떤 필요로서의 신, 그러나 최종적으로는 안데르센 교수가 부작위 죄를 저지름으로써 스스로 걸어들어간 곤경을 두고 일종의 신성한 명령을 내릴 수 있는, 그런 관념으로서의 신을 인정했다. 가장 깊은 의미 수준에서, 최종적인 단계에서, 신이 나타난 것이다. 안데르센 교수의 입을 통해서 나타난 것이다. 그는 그것을 그저 긍정하기만 하면 되었다. 그렇기에 안데르센 교수는 자신에게 무슨 일이 일어난 것인지 완전히 인식하고 있었다. 그런 말이 자기 입에서 자연스럽게 나왔다는 사실 때문에 울적해지기는 했지만, 신을 인정했다고 해서 그가 지금까지 영위한 삶에 급진적인 변화가 생겨야 할 이유는 없었다. 그의 머릿속에 떠오른 자명한 생각은 그에게 무릎을 꿇거나, 기도를 하거나, 그의 평상시 행동에 꾸며낸 상냥함을 더하거나, 경건한 마음으로 교회에 나가거나, 삶을 부정하거나, 온순한 사람이 되라는 것이 아니었다. 그저 존재의 신적 차원에 대해 어느 정도의 외경심을 가지라는 것뿐이었다. 또한 그가 방금 인정한 신성한 명령과 관련한 의무를 이행할 것을 요구하기도 했다. 그는 또한 그 자명한 생각이 해방감을 준다고 볼 수도 있다는 점을 받아들일 수 있었다. 그로 인해 개인의 사고방식에 생겨나는 신적 차원은 사람의 의식을 제한하기보다는 확장하는 효과를 냈기 때문이다. 그는 이 모든 것을 즉시 이해했지만 그래도 여전히 울적한 기분이 들었다. 그에게서 그리도 자연스럽게 우러나온 말의 표현 방식 때문이었다. 그것은 생각에 잠기고, 실로 무언가에 홀린 그의 정신 속에서 너무도 신속하고 적절하게 떠오른 생각을 정확하게 표현했다. 그는 신의 필요성에 대해 그런 식으로—심지어 구한 적도 없는!—통찰을 얻은 것을 행운으로 여기기보다는 불편함을 느꼈다. 신의 필요성에 대한 이런 과분한 통찰이 요구하는 '신성한 명령'을 따를 수 없었기 때문이다. 마요르스투아 경찰서로 가서 두 달 전에 헨리크 노르스트룀이 살인을 저지르는 것을 목격했다고 신고해야만 했기 때문이다. 그는 여전히 그렇게 할 수 없었다. 마요르스투아 경찰서에 들어가 작년(말 그대로, 작년!) 크리스마스 전날 밤에 그의 집 창가에서 살인을 목격했다고, 살인자의 이름은 헨리크 노르스트룀이라고, 희생자는 금발의 젊은 여자였다고 말하는 일이 이젠 완전히 난처하게 되어버렸기 때문만은 아니었다. 사실, 시체도 없고 그 묘사에 들어맞는 여자를 찾는 실종 신고도 없으니 살인의 흔적이 남아 있을 리가 없는 지금 그런 말을 한다면 분명 극도로 난처한 상황에 빠질 것이다. 하지만 그 정도는 감수할 수 있었다. 헨리크 노르스트룀은 도망쳐 버리고 자신은 이런저런 변명을 해야만 하는 처지가 되어, 경찰의 눈에 두 사람 다 '의심스러운 인물'로 비치면서 끝이 났을 수도 있다. 하지만 어찌되었든 그는 신성한 명령에 따라 살인을 신고한 사람이 되었을 테고, 벼랑 끝 같은 상황에서 스스로가 내뱉은 말을 이해한다는 사실을 그런 식으로 확인하게 되었을 것이다. 하지만 그는 신고를 할 수 없었다. 그에게는 불가능한 일이었다. 있을 수 없는 일이었다. 신성한 명령이든 뭐든, 그런 일은 할 수 없었다. 그래서 그의 통찰은 아무 소용이 없었고, 그 이상하고 과분한 은총의 선물은, 그것을 그런 식으로 해석하고 싶다고 하더라도, 완전히 쓸모없는 것이 되어버렸다. 그 통찰이 은총의 선물이라는 해석은, 자신의 내면을 향해 터져나온 조금은 놀라운 말을 제 목소리로 들으며 엄청난 경외감을 느낀 안데르센 교수에게는 전혀 생소하지 않았다. 물론 울적함을 느낀 것도 사실이지만, 그런 감정은 자신에게서 그리도 자연스럽게 우러나온 말이 그것의 가치를 전혀 알아볼 수 없는 사람의 입에서 나왔다는 사실에 기인했다. 그렇게 판단하는 이유는 궁극적으로 그가 그 말에 따를 수 없었기 때문이다.

안데르센 교수는 헨리크 노르스트룀을, 설령 신성한 명령을 따르려는 목적일지라도, 신고할 수 없다는 것을 깨달았을 때 화가 났다. '정말 어이가 없군.' 그는 생각했다. '정말로 내가 원하는 건 이 남자를 신고하는 일뿐이야. 그러면 그야말로 완전히 마음을 놓을 수 있을 테고, 나를 막는 건 아무것도 없어. 그런데 그렇게 하지 못하는 이유는 도대체 뭘까? 고집이 세고 융통성이 없어서 그런 거겠지.' 그는 짜증을 내며 그렇게 생각했다. '불행히도 내 정신에 자리한 지긋지긋한 완고함이야. 그게 지금 힘을 발휘하고 있는 거야. 단연코 그렇게밖에 생각할 수가 없군. 정말이지 지긋지긋해. 현명한 이유가 단 하나라도 있다면 좋으련만, 하나도 없지. 내게 있는, 혹은 있었던 이유들은 모두 나 스스로 단번에 없애버렸어. 그래서 난 지금 이렇게 발가벗은 채 벌벌 떨며 서 있게 된 거지.' 그는 중얼거렸다. '난 무엇 때문에 떠는 걸까?' 그는 울적한 마음에 고개를 저으며 그렇게 생각했다. 한낮인데 아직도 그는 잠옷과 가운 차림으로 아파트 안을 산만하게 서성거리고 있었다. 가끔 그는 갑자기 걸음을 멈추고 방 한가운데에서 얼어붙은 듯 서 있었다. 그는 정신이 좀 차려질 때면 생각에 집중하느라 그런 상태로 몇 분을 서 있기도 했다. '아마도 내 논거가 이렇게 허술한 것은 이런 결정을 하게 된 진짜 이유들을 직면할 엄두를 내지 못하기 때문일 거야.' 그는 차분히 생각했다. '그 이유란 도대체 무엇일까? 난 왜 그를 신고하는 게 옳지 않다고 말하는 걸까? 진심인 건 분명해. 적당한 논거도 없으면서 이렇게 강하게 밀고 나가는 걸 보면.'

그는 모든 것을 머릿속에서 다시 한번 점검했다. 살인 사건이 일어났다. 희생자는 죽었고 살인자는 살아 있다. 그 사건은 살인자의 책임이 아니며, 그가 느낀 절망에서 비롯된 것이다. 안데르센 교수의 관점에서는 바로 그것이 의심의 여지 없는 사건의 경위였다. 그렇기에 그는 범죄를 목격한 후, 현관의 작은 탁자 위에 올려놓은 전화기로 달려가서 수화기를 들었다가 다시 내려놓은 것이다. 이제 모든 것을 세심히 살펴보며 '왜?'라고 자문할 때, 그는 자신의 행동, 혹은 하지 않은 행동을 언급하면서 명백히 잘못된 어법을 사용하는 경향이 있음을 알아차렸다. 즉, 자신은 살인자를 '밀고'하고 싶지 않다고, '그의 짐에 돌을 하나 더 얹고' 싶지 않다고 대답하는 경우인데, 재고해보고 비판적으로 검토해보면 그것은 분별 있는 사고방식으로 인정받을 수 없었다. '살인을 목격하고 신고하는 것은 밀고가 아니지.' 안데르센 교수는 그토록 명백한 문제를 가지고 자신이 옳다고 주장하기 위해 그렇게나 무리수를 두었다는 사실에 약간 충격을 받았다. 하지만 그 생각은 그의 의식 속에 잠복하여 단단히 자리잡고 있었다. '그 사람에게 돌을 던지고 싶지 않아.' 그는 자기도 모르게 스스로를 방어하며 외칠 수도 있었다. '너무 원시적이잖아.' 그런 다음 그는 원초적 범죄를 목격했다고 신고를 하는 행위에 원시적인 성격이 있다는 개념이 자신의 마음 깊은 곳에 자리하고 있음을 인정해야 했다. 그렇게 알리고 나면 범죄자는 체포되어 형사소송을 거쳐 처벌을 받게 될 테니까. 그것은 '처음 돌을 던지는 자'가 된다는 의미였다. 일전에 안데르센 교수의 머릿속에서 매우 자연스럽게 우러나온 명백하고 자명한 개념은 신성한 원리와 관련되어 있었고, 그 원리를 직면하고 있는 그는 자신의 부작위 죄를 그에 의거하여 판단해야 했다. 그런데 그의 원시성에 대한 발상을 신에 대한 개념과 포개어 볼 때, 자신의 어떤 생각이 드러난다는 점을 안데르센 교수는 인정하지 않을 수 없었다. 그것은 그가 신의 필요성에 대해 얻은 통찰이, 자신이 따르기를 그토록 꺼리는 명령, 즉 살인자에게 돌을 던지라는, 심지어 첫번째 돌을 던지라는 명령을 내린 사막의 신*을 마주하고 있다는 느낌과 강력하게 얽혀 있다는 생각이었다. 원시적이고 봉건적인 신이

20세기 끝자락에 현대적인 국가 노르웨이의 수도 오슬로의 블린데른에 있는 대학교수 안데르센에게 신의 법칙에 따라 원시적 행동을 이행하라고 명령하고 있다. '내가 이렇게 꺼리는 게 이상할 것도 없군.' 그는 생각했다. '하지만 앞뒤가 안 맞는걸. 나는 사막의 신을 만난 적이 없고 내가 명령받은 행동은 원시적인 것이 아니라 문명을 유지하려면 필수적인 거잖아.'

달라질 건 없었다. 안데르센 교수는 그를 신고할 수 없었다. 신고하지 않는 행동에 대한 모든 논거를 아무리 쉽게 허물어뜨리고 반박할 수 있다 해도 그를 신고하는 것은 불가능했다. '생각만 해도 화가 치솟아.' 그는 생각했다. '역겨워진다고. 그런 짓을 하는 사람이 되고 싶지 않아.' 희생자인 그 젊은 여자에 집중하며 자신이 직접 본 그녀의 마지막 순간을 그려볼 때면, 그녀가 아는 남자, 함께 크리스마스이브를 기념하고 있던 남자의 손에 곧 목숨을 잃을 거라는, 살해될 거라는 사실을 자각했을 순간을 그려볼 때면, 그 고통을, 그 이해할 수 없는 상황을, 그녀에게는 돌이킬 수 없게 된 그 상황을 생각할 때면, 그런 일을 저지른 사람에 대한 공감이나 동정심을 정당화해줄 만한 것은 아무것도

* 구약성서 「출애굽기」에서 박해받던 유대인들을 약속의 땅 가나안으로 이끈 신 야훼를 '사막의 신'이라고도 부른다.

남지 않았다. '정말 끔찍하게 고통스러웠을 거란 말이야.' 그는 마음속에서 스스로를 훈계했다. '육체적으로도 그렇지만 특히 정신적으로. 타인에게 그런 공포를 안겨줘놓고 처벌을 피하는 사람이 있어서는 안 돼.' 그는 속으로 부르짖었다. '신고하지 않는 것이 경솔한 짓이라는 사실만이라도 인정해봐.' 그는 간청했다. 하지만 소용없었다. 안데르센 교수에게 그녀는 죽은 사람이었고, 살인자에게 어떤 형벌을 내리더라도 그녀가 되살아나 크리스마스 전날 밤처럼 길 건너편 아파트 창가에 나타나 밖을 내다보며 서 있게 될 수는 없었다. 그는 살인자를 걱정했다. 시체 앞에 남겨진 사람. 자신의 악행, 안데르센 교수가 목격한 그 악행에 속박된 사람.

악행을 저지른 살인자와 그것을 목격한 안데르센 교수. 안데르센 교수가 손가락을 튕기자 살인자가 일어나 커튼을 치고 시체를 치운 뒤 모든 흔적을 지운다. 그리고 새해 전야, 일곱시경, 그는 아파트 건물의 정문을 조용히 걸어나가 택시를 타고 사라졌다가 새해 첫날 새벽 두시경에 다른 택시를 타고 아무 일도 없었다는 듯 돌아와, 취하지 않은 맨정신으로 자기 집으로 걸어올라간다. 안데르센 교수는 손가락을 튕기고 살인자는 해방된다. 안데르센 교수는 혼자서 미소를 지었다. 그는 이미 대답을 한 것이다. 바로 이거였다. 손가락 튕기기. 안데르센 교수는 자신이 한 일을 생각하자 서서히 밀려드는 안도감을, 희열에 가까운 감정을 느꼈다. 그는 자신의 행동을 받아들인 것이다. 자신이 손가락을 튕기는 모습을 떠올린 순간, 그는 스스로의 행동에 대해 잘 알고 있고 그 행동을 받아들였다는 사실을 깨달았다. 아직 대낮이었지만 그는 이제 자러 갈 생각이었다. 침대로 뛰어들어 베개에 머리를 누이고 눈을 감은 채 자신을 잠에, 그리고 좋건 나쁘건 무슨 일이든 일어날 수 있는 꿈에 맡길 참이었다. '잠이 두렵지 않아.' 그는 생각했다. '어린 시절부터 날 계속 괴롭히던 갖은 악몽도 상관없어. 피로가 극심하면 악몽 같은 건 생각하지 않고 그저 자고 싶을 뿐이야. 공포에 질려 깨어날 수도 있다는 걸 알지만. 알면서도 생각하진 않는다니 좀 이상하군.' 안데르센 교수는 생각했다. 그의 쉰다섯 살 얼굴에 환한 미소가 번졌다. 그는 피로와 해방감을 느꼈다. 하지만 피로와 해방감을 느끼자마자 그는 다시 불안해졌음을 깨달았다. '그럼, 그건 정말 단순한 문제였군.' 그는 생각했다. '손가락을 한 번 튕기는 것으로 내 행동을 받아들일 수 있게 되고, 그것이 그를 신고할 수 없었던 이유라는 걸 깨닫다니. 하지만 그건 사실이야.' 그는 계속 생각했다. '맞아, 정말로 그건 사실이야. 하지만 그래도 끔찍하군!' 그는 소리쳤다.

'손가락을 한 번 튕기고서 나는 신에게서 떨어져나왔어.' 그는 생각했다. '음, 정말이지 그렇게 간단한 문제라고는 생각 못했어. 그렇지만 사실이 그렇잖아. 그런데 내가 뭘 할 수 있겠어? 아무것도 못하지. 마치 내가 나 자신을 밖에서 관찰하는 것 같군. 어깨를 으쓱하면서? 그렇게 말해도 되나? 아니, 그럴 순 없지. 사실이 아니니까. 아, 베른트에게 털어놓지 못했던 이유를 이제야 알겠어!' 그는 외쳤다. '그 친구가 내 행동을 비난할까 두려워 그랬다고 생각했지만 그건 말이 안 되었어. 이것저것 따져봐도 베른트가 나를 비난하는 건, 진지하게 비난하는 건 상상할 수가 없었거든. 오히려 정반대가 맞을 거야. 베른트에게 아무 말도 할 수 없었던 건 그 친구가 괜찮다고 할까봐 두려웠기 때문이야. 베른트가 괜찮다고 하는 건 견딜 수 없었을 거야. 베른트를 위하는 마음도 있었겠지만, 나를 위해서이기도 했어. 내가 너무 외로워졌을 테니까. 내가 이미 저지른 일은 돌이킬 수는 없지만, 베른트가 그 행동에 찬성한다는 생각을 하면 견딜 수가 없었어. 그리고 그럴 경우 갑자기 밀려들 무시무시한 외로움도 견딜 수가 없었지. 엄밀히 말하자면 베른트가 이 일에서 한발 물러났을 거라는 점을 간과하진 않아. 공중도덕을 고려했겠지. 그리고 내 행동이 초래할 결과를 생각하라고, 모든 일을 살해된 젊은 여자의 관점에서 보라고 요구도 했겠지. 하지만 말투에서 어쩐지 미온적인 태도가 느껴졌을 것만은 확실해. 그 친구 얼굴에서 내 행동을 존중하는 기색을 보지 않을 도리가 없었겠지. 실제로, 은밀하고 편파적인 감탄이 떠올랐을 거야. 암에 걸린 사람은 갈수록 쇠약해지다가 격심한 고통을 느끼며 죽잖아. 모르핀으로 통증을 좀 덜 수는 있겠지만 그 외엔 아무것도 할 수 있는 일이 없어. 하지만 살인자가 도망치게 놔두는 건, 어쨌든 우리 둘 사이에서만은, 은밀한 소망이지. 하지만 누구도 자기 멋대로 신을 지어낼 수는 없어. 신을 믿지 않는 사람이라도.' 안데르센 교수는 부르짖었다. '천벌을 받겠지. 그리고 천벌을 견디고 그에 대해 깊이 생각해야 하는 저주를 받을 거야. 그 누구도 기회가 왔을 때 손가락을 튕기는 자신의 능력에 감탄하는 마음을 품어서는 안 돼. 그렇게 해서 살인자가 악행을 저지르고 달아나게 해서는 안 돼. 그리고 그런 식으로 참을 수 없는 존재의 가혹함에, 그 무의미함에 영원히 항의한다는 건 있을 수 없는 일이야.' 안데르센 교수는 생각했다. '그때 이미 나는 베르트 할보르센의 은밀한 감탄이 내겐 무의미하게 보일 거란 걸 깨달았던 거야. 내가 한 짓을 이해할 수 있는 행동으로 규정하는 결과가 되니까. 그리고 자포자기에 빠진 나는 그걸 감당할 수 없었을 거야. 나는 눈을 똑바로 뜨고 살인을 목격하고도 방임했으니까. 난 자포자기에 빠져들었고 저항으로 보이던 내 행동이 천벌로 바뀌어버린 지 오래가 되어버렸으니까. 하지만 그때는 그런 걸 표현할 수가 없었지. 베른트도 이해할 수 없었을 거야. 윤리적 기준이 높은 진지한 베른트 할보르센은 내가 하려는 말을 한마디도 이해하지 못했을 거야. 비록 이해하려고 최선을 다했을 거고, 도우려는 마음이 강한 친구이니 순전히 논리적 측면에서는 이에 대해 어떤 식이든 논평까지 했을 거고, 우리는 모종의 대화를 나눌 수 있었을지도 몰라. 내게 굉장히 큰 의미가 있는 일이라는 게 분명했으니까. 내 생각을 종교적 색채가 있는 이런 언어로 꾸미는 일은 특히 더 그랬지, 물론 그때는 그럴 능력이 없었지만.' 안데르센 교수는 생각했다. '그래, 정말이야. 두 달 전, 박싱 데이 만찬에 온 손님들이 하나씩 도착했을 때 내게 일어난 일을 그들 모두에게 이야기했다면 어떤 일이 벌어졌을지 상상할 수 있고도 남지. 트리네 납스타와 페르 에케베르그, 유디트 베르그와 얀 브륀힐센 그리고 그 얘기를 맨 처음으로 들었을 니나까지, 모든 사람들이 같은 식으로 행동했을 거야. 내 행동이 초래할 결과를 고려하라면서 어서 경찰서에 가서 내가 본 것을 신고하라고 다급히 호소했겠지만, 그들은 모두 내가 자기들 말을 듣지 않기를 은근히 바랐을 거야. 그래서 내가 그 다급한 호소를 따르지 않았을 경우에는 비밀을 지키겠다고 엄숙하게 다짐함으로써 자신들이 그런 바람을 품었다는 사실을 확증했겠지.' 그가 그들에게 털어놓지 않은 이유는 당시에는 천벌에 대해 말할 수 없었기 때문이다. 그때는 자신도 그걸 뭐라고 표현해야 할지 몰랐으며, 알았다 해도 그들은 이해하지 못했을 것이다. 그가 자신은 천벌을 받을 거라고 말했다 해도 그들은 계속 은밀한 감탄을 품었을 것이다. 당시 말없이 절망에 빠져 있던 그는 천벌을 생각했지만, 그것은 그들에게 너무 낯설고 기이한 개념이라 그 말을 진지하게 고려할 수 없었을 것이다. '지금, 바로 이 순간, 나도 그렇게 느껴,' 안데르센 교수는 생각했다. '낯설고 기이하다고. 내가 천벌을 받을 거라는 걸 아는데도 말이야.'

'하지만 신을 믿지 않는 사람이 어떻게 천벌을 받지?' 안데르센 교수는 자문했다. '나는 믿지 않으니까. 신성한 명령을 따르는 일이 내겐 불가능하잖아. 아, 소용없어.' 그는 한숨을 쉬었다. '정말로 나는 지금 천벌을 느끼니까. 그 생각을 몰아낼 수 없으니까. 나는 신에게 혀를 내미는 짓도 두렵지 않아. 그리고 내가 그런 선언을 한다 해도 존재의 깊은 곳까지 흔들리는 사람은 없을 거야. 내가 어떤 종류든 죄를 저질렀다고 상상하는 건 참 이상한 발상이라는 생각이 들어. 천벌이라는 개념에는 공감할 수 있지만, 내가 손가락을 튕겨 살인자를 도망시킴으로써 신에게 죄를 저질렀다는 사실은 납득이 안 돼. 낯설고 기이해. 그런데 추워서 얼어죽을 것 같아. 난 한계를 넘었어. 그리고 그것을 넘었을 때 나는 신이라고 부를 필요가 있다고 생각되는 어떤 것을 만났어. 정말 너무 춥고 낯설었어. 아니야, 난 여기 계속 머물러 있고 싶지 않아. 다 떨쳐내고 뒤돌아서 걸어갈 거야. 다시 집으로. 이런 표현이 가능하다면.' 안데르센 교수는 생각했다.

바로 그 순간 초인종이 울렸다. 안데르센 교수는 놀라서 펄쩍 뛰었다. 누구지? 그러다 그는 깨달았다. 다음주 수요일. 오늘이 다음주 수요일이었다. 그는 현관으로 가 문을 열었다. 헨리크 노르스트룀이 있었다. 안데르센 교수는 잠옷에 가운을 걸친 차림으로 문간에서 그에게 인사했다. "제가 좀 아팠어요." 안데르센 교수는 문지방 건너편에 있는 남자에게 말했다. "편찮으셨다고요? 편찮으시다고요?" 헨리크 노르스트룀이 물었다. "사실 잘 모르겠어요." 안데르센 교수가 연 채로 잡고 있던 문에 기대면서 미소를 지었다. "같이 가시려면 서둘러 옷을 갈아입으셔야겠어요." 헨리크 노르스트룀이 말했다. "아니, 안 되겠어요. 몸이 나아지면 하려고 미뤄둔 일이 많아요." "그럼 못 가신다는 뜻이죠?" 헨리크 노르스트룀이 손목시계를 내려다보며 말했다. "네, 미안해요. 그럴 수 있는 상황이 아니에요." "그건 괜찮습니다." 헨리크 노르스트룀이 말했다. "하지만 같이 가시면 좋을 텐데. 다음에 기회가 있겠죠." "그래요, 다음 기회에." 안데르센 교수가 대답했다. 그는 헨리크 노르스트룀에게 경마에서 '행운을 빈다'고 말하며 대화를 마무리짓자고 생각했지만 그 말이 나오지 않았다. 대신 그는 '건강에 유의하라'거나 '잘 가라'고 말해야겠다고 생각했지만 그 말도 나오지 않았다. 그러자 헨리크 노르스트룀이 다시 손목시계를 보더니 돌아서서 계단을 내려갔다. 안데르센 교수는 급히 내려가는 그의 발소리를 들었다. 갑자기 무슨 생각이 떠오른 그는 황급히 난간에 기대어 아래를 내려다보며 막 시야에서 사라지려는 남자에게 소리쳤다. "그런데 떠나는 건 언제죠?" "떠나요?" 그는 남자가 위를 향해 외치는 소리를 들었다. "그래요, 아시아로 말이에요." "아, 그거요. 곧 갑니다. 아마 몇 주, 아니면 몇 달 내로요." "아파트는 어떻게 할 거죠? 팔 건가요?" "팔다니요? 왜요? 전 돌아올 거예요. 언젠가는. 세를 내놓을 수도 있고, 아님 그냥 비워둘 수도 있겠죠. 제 여동생이 오슬로에 올 때마다 이 아파트를 써도 되고요." "그렇군요. 괜찮은 생각이네요. 부모님은 살아 계세요?" "제 부모님이요? 그건 왜 물으시죠?" "음, 잘 모르겠는데, 그냥 생각이 났어요. 그나저나 여기 복도에 계속 서 있으면 안 될 것 같군요." 그는 아래에 있는 남자에게 소리쳤다. "몸이 떨리기 시작해요. 이제 몸이 나아지고 있는데 바보같이 독감이라도 걸리면 안 되겠죠." "네, 몸조리 잘하세요. 그리고 비에르케 경마장 첫 경기 결과는 내일 신문에서 찾아보세요. 말 이름은 수가르필레입니다. 페이지 맨 꼭대기에 그 이름이 있을 거예요." "네, 그럴게요." 안데르센 교수는 말했다. "그런데 지금은 안에 들어가 따뜻하게 목욕이나 해야겠어요." 그 말과 함께 그는 아파트 안으로 들어가 문을 잠그고 다시 집안을 산만하게 서성거렸다. '정말 그거나 할까?' 한참 뒤 그는 생각했다. '뭘 해?' 그는 자문했다. 그러고는 발걸음을 멈췄다. '목욕 말이야.' 그는 자신에게 대답했다. '그래, 안 될 거 없지.' 그는 덧붙여 말했다. '아주 뜨끈하게 목욕이나 하자. 틀림없이 도움이 될 거야.' 그는 생각했다.

옮긴이의 말

다그 솔스타는 노르웨이의 대표적인 원로 소설가다. 1965년 등단작 『나선형』을 시작으로 2013년에 발표된 최근작 『1591년부터 1896년까지 텔레마르크의 불가사의한 서사시적 요소』에 이르기까지 삼십여 편의 작품이 수십 개 언어로 번역되었으며 북유럽의 주요 문학상을 다수 수상했다. 청년기를 68혁명의 자장 안에서 보냈던 솔스타에게 정치·사회·문화에 대한 관심과 더불어 이상주의와 환멸, 부르주아 지식인의 내면 등은 작품의 근간을 이루는 주제가 되었으며, 여기에 유머와 풍자와 통찰력이 빛나는 문장이 그의 소설에 독특한 개성을 더해준다.

최근 『나의 투쟁』이라는 자전소설로 세계적인 관심을 모은 노르웨이 소설가 칼 오베 크나우스고르는 이 소설의 2권에서 솔스타의 문학을 언급했다. 그의 언어가 "새롭고도 고풍스러운 우아함으로 빛나며, 독창성과 생동감이 넘치는 독특한 광채를 내뿜는다"면서 "이 언어는 배울 수도, 돈을 주고 살 수도 없다"고 썼다. 또한 노르웨이 문학평론가 아네 파르세토스Ane Farsethås는 다그 솔스타를 미국 작가 필립 로스에 견주었다. 두 원로작가가 자국 문단에서 차지하는 위상과 영향력도 유사하지만, 두 사람 모두 데뷔작에서 이미 개성적인 목소리를 확립했다는 사실, 자기 내면의 이야기를 매번 다르게 변주하여 들려준다는 사실 등을 중요한 공통점으로 보았기 때문이다.

『안데르센 교수의 밤』은 새로운 밀레니엄을 목전에 둔 북유럽의 도시 오슬로에서 중년의 독신 남자가 홀로 크리스마스이브를 축하하는 장면으로 시작된다. '중년', '독신', '홀로 보내는 크리스마스' 등의 묘사가 주는 우울한 분위기는 전혀 찾아볼 수 없다. 쉰다섯의 문학 교수 안데르센은 크리스마스트리에 조명을 밝힌 넓고 쾌적한 아파트에서 정장을 갖춰입고 손수 만든 음식으로 혼자만의 만찬을 즐긴다. 좋은 술과 음식으로 흡족해진 그는 창가에 홀로 서서 이웃의 명절 풍경을 정겨운 눈으로 바라보는데, 어느덧 아늑한 취중의 감상을 순식간에 증발시키는 일이 발생한다. 건너편 아파트에서 여자를 목 졸라 죽이는 한 남자의 범행을 목격한 것이다.

이렇게 『안데르센 교수의 밤』은 고전 스릴러 영화의 한 장면을 떠올리게 하는 흥미로운 일화로 시작되지만 그 전개는 일반적인 예상을 뒤엎는다. 살인을 목격하고도 어쩐 일인지 경찰에 신고하지 못하는 안데르센은 자신이 개입하지 않고도 정의가 저절로 실현되기를 기대하며 두 달이 넘도록 건너편 아파트를 감시한다. 그와 동시에, 행동하지 못하는 자신을 합리화하기 위해 오십여 년 평생의 삶을 반추하고 자신이 속한 세계의 모든 것에 의문을 제기하게 된다.

그는 대학 시절 친구들과의 만찬에 가서도 온갖 상념에 빠질 뿐 마음을 털어놓지 못하고, 괴로움을 잊고자 불쑥 떠난 여행에서도 별 관련이 없는 주제를 놓고 동료와 절박하게 토론을 하다 갈 때와 마찬가지로 난데없이 되돌아온다. 새해가 시작되고 일상으로 돌아가 잠시 평정을 되찾은 듯하던 안데르센 교수는 급기야 우연한 자리에서 살인자와 만나 대화까지 하게 된 후 다시 불안에 빠져 믿지도 않는 신을 불러내며 스스로를 해명하려고 안간힘을 쓴다.

이런 좌충우돌의 과정을 작가는 심오하면서도 해학적인 어조로, 사건 자체보다는 인물의 내면에 집중해 그려나간다. 고뇌에 빠진 안데르센은 자신의 삶을 찬찬히 뒤돌아보고 자신에게 중요한 것들의 의미를 하나하나 되새겨보지만, 지식과 논리와 세련된 태도로 겹겹이 무장된 이 남자의 완전한 맨얼굴은 잘 보이지 않는다.

1960년대에 대학 시절을 보낸 안데르센은 현대성을 최우선의 가치로 삼고 정치적 급진주의를 표방하는 친구들과 어울리며 아방가르드 예술에 심취했다. 친구들이 반핵 운동을 하고 거리에 나가 아파르트헤이트 반대 시위를 할 때 안데르센은 골방에 처박혀 아방가르드 시에 골몰했고, 그것이 친구들과는 다른 방식의 고유한 현대성의 표출이라고 믿으며 잘 이해되지도 않는 시를 받아들이려고 애썼다. 이제 중년이 된 그 시절의 친구들은 교수, 기업체 중역, 국립극장의 배우, 의사 등 안정적인 지위를 누리면서도 젊은 시절의 급진주의를 잃지 않았다고 주장하고, 심지어 변화하는 세상에 잘 화합하는 것이 현대성이며 그것이야말로 급진주의라는 궤변을 늘어놓기도 한다.

고독하지만 풍족한 생활을 누리는 안데르센도 마찬가지다. 여행중에 곤궁한 동료의 집에서 마신 싸구려 술의 잔향을 고급 위스키로 씻어내며, 쾌적한 호텔에서의 하룻밤을 "나에게 주는 선물"이라고 해명한다. 이탈리아제 고급 양복에 대한 취향도 정치적 지향의 변질을 뜻하는 것이 아니라 가벼운 기분 전환일 뿐이라고 애써 정당화한다. 여학생 제자들이 바에서 아르바이트를 한다며 놀러오라고 청했을 때는 이상한 설렘을 느끼면서도 그런 감정을 교묘하게 합리화하고서야 마음을 놓는다.

이렇게 안데르센은 스스로의 고독이나 변화도 알아차리지 못하고 지성과 논리로 벽을 쌓아 자신만의 세계에 갇혀 있어서 심지어 살인을 목격하고도 아무런 행동을 취하지 않는다. 그러면서도 자신의 방임을 합리화할 온갖 논리를 생각해내지만, 제대로 들어맞는 것은 하나도 없고 오히려 지금까지 견고하게 쌓아온 그의 정돈된 세계가 조금씩 균열을 일으키기 시작한다. 그렇게 이 소설은 의문의 살인 사건에서 중년의 위기를 그리는 심리탐구로 급선회하며 메마른 유머로 현대사회를 비평한다.

소설 중반부에서 안데르센은 자신이 연구하는 입센 문학에 대해, 또한 문학 일반의 효용에 대해 진지한 의문을 피력한다. 불과 백 년 전에 쓰인 작품이 현대인들에게는 당시와 같은 생생한 감동을 주지 못하는 이유가 뭘까? 라고. 또한 그는 살인 사건을 목격하고도 침묵하는 자신의 행위를 공동체의 근간을 흔드는

“원초적 범죄”라고 규정하기도 한다. 그런데, 고전 문학의 감동이 사라진 이유가 단지 시차 때문일까? 혹시 행동보다는 생각, 공감보다는 논리, 개입보다는 관찰을 중시하는 현대사회의 세련된 무심함이 원초적이고 근원적이며 원시적인 인간성으로부터 너무 멀어져서 그런 것은 아닐까?

마지막 장면에서 안데르센은 병가를 내고 집에 틀어박혀 불안에 사로잡혀 있다가 갑자기 자포자기한 심정으로 목욕이나 해야겠다며 욕실로 들어가기로 마음먹는다. 그렇다고 그의 상념이 거기에서 끝나지는 않을 것이다. 목욕을 하고 나온 안데르센 교수가 머릿속마저 씻어내고 모든 고민을 털어버릴지, 또다시 어떤 번뇌에 빠질지, 아니면 마음을 고쳐먹고 경찰서로 향할지, 상상은 독자의 몫이다.

민은영

지은이 **다그 솔스타**
1941년 노르웨이 사네피오르에서 태어났다. 1965년 단편집『나선형』을 출간하며 작품활동을 시작했다. 그후 소설가, 극작가로 활발히 활동하며 삼십여 권의 책을 냈다. 그의 작품은 20여 개국 언어로 번역되었으며, 그는 북유럽의 주요 문학상을 다수 수상하였다. 노르웨이 문학비평가 상을 세 번이나 수상한 유일한 작가이기도 하다. 그의 소설은 노르웨이의 일상을 배경으로 지식인 화자의 철학적 사색을 담고 있는 작품부터 극사실주의, 인간의 내면에 대한 고찰, 시대 비판, 정치적 담론, 형식적 실험주의까지 폭넓은 주제와 형식을 다룬다. 매년 노벨문학상 후보로 거론되고 있는 그는 현재 베를린과 오슬로를 오가며 작품활동을 계속해나가고 있다.

옮긴이 **민은영**
고려대학교 영어교육과를 졸업하고 이화여자대학교 통번역대학원에서 석사학위를 받았다. 현재 전문 번역가로 활동중이며 윌리엄 포크너의『곰』, 아모스 오즈의『친구 사이』, 파울로 코엘료의『불륜』, 이언 매큐언의『칠드런 액트』, 앤드루 포터의『어떤 날들』, 폴 하딩의『에논』 등을 우리말로 옮겼다.

문학동네 세계문학
안데르센 교수의 밤

초판 인쇄 2016년 9월 23일 | 초판 발행 2016년 10월 7일

지은이 다그 솔스타 | 옮긴이 민은영 | 펴낸이 염현숙

책임편집 손예린 | 편집 김영수 오동규 | 독자모니터 이희연
디자인 최윤미 이원경 | 저작권 한문숙 박혜연 김지영
마케팅 정민호 이미진 정진아 김혜연 | 홍보 김희숙 김상만 이천희
제작 강신은 김동욱 임현식 | 제작처 한영문화사(인쇄) 신안문화사(제본)

펴낸곳 (주)문학동네
출판등록 1993년 10월 22일 제406-2003-000045호
주소 10881 경기도 파주시 회동길 210
전자우편 editor@munhak.com | 대표전화 031) 955-8888 | 팩스 031) 955-8855
문의전화 031) 955-1927(마케팅) 031) 955-7972(편집)
문학동네카페 http://cafe.naver.com/mhdn | 트위터 @munhakdongne

ISBN 978-89-546-4223-1 03850

www.munhak.com